言葉だけでは伝わらない

高峰あいす

幻冬舎ルチル文庫

CONTENTS ✦目次✦

言葉だけでは伝わらない

✦カバーデザイン=清水香苗(CoCo.Design)
✦ブックデザイン=まるか工房

イラスト・桜庭ちどり✦

言葉だけでは伝わらない

「はあ……」

五階まで吹き抜けになっている広いラウンジを見回し、市野瀬昴《いちのせすばる》はため息をついた。

この外資系のホテルはランクが高く、利用する客も富裕層が多い。だからあからさまに好奇の視線を向けられはしないものの、それなりに注目されているのは分かってしまう。

ホテルに来るまでは従兄《いとこ》の八坂博次《やさかひろつぐ》が車で送ってくれたが、ここから先は自分一人で顧客に会わなくてはならない。

――せめて、ラウンジまで付き添ってもらえばよかったかな。でも先方は、僕一人で来て欲しいって希望だし。

幼い頃から、昴は人混《ひとご》みが苦手だった。というか、人との関わりが極端に下手《へた》と言っても過言ではない。友達も作らず、一人で本ばかり読んでいる昴を両親は心配していたが、とくに人付き合いを強制はしなかった。かわりに家族と出かける時間を多くし、少しずつコミュニケーションの楽しさを理解できるように努力してくれた。

だがそんな穏やかな生活も小学三年生の頃に、両親の事故死という形で終わりを告げる。

以来、母の父違いの妹が嫁いだ先の親戚である八坂家の世話になり、大学四年になった今もなにかと気にかけてくれていた。特に従兄の八坂博次は昴を心配し、自宅でもできる翻訳のバイトを斡旋《あっせん》してくれる。互いの母親が父の違う姉妹という複雑な関係と知っていても、博次も八坂家も昴を特別視することなく接してくれる。

親戚の中には『保険金も、両親の残したマンションもあるのに、八坂家に頼りきりだ』とあからさまに非難する者もいて、それは昴も当然だと感じている。来年には院へ進む事も決まっているので、それを機に自立しようと考えているのだが、博次を筆頭に八坂家は首を縦に振らない。理由は昴自身の性格と、イギリス人である祖母の血のせいか人目を惹《ひ》きつけすぎる美形に育ってしまったせいだ。祖母は最初の結婚相手である日本人の夫と死別後、娘を連れてイギリス人男性と再婚をした。その初婚相手との間に生まれたのが昴の母なので、昴は一般的に言うクオーターだ。もちろん昴は、自分の顔が綺麗《きれい》だとか、外国人の血が流れていることを特別などと考えた事もない。むしろ黒目、黒髪の典型的な日本人なのに、彫りが深く人形のように無表情で綺麗だと評されるのが未《いま》だに理解できなかった。

——目を惹くのは、博次の方だと思うんだけどな。

六歳年上で現在二十七歳の博次は、父は日本人だが母がイギリス人なので本人も茶髪に青の目を持ちどこからどう見ても外国人だ。けれど二人で並ぶと、視線は昴の方に向けられる。好意的だと分かっていても、対人関係の苦手な昴は視線を受けるだけでも苦痛なのだ。そのせいか、無意識のうちに表情がなくなり、不本意ながら人形のような容姿と渾名《あだな》される事に拍車がかかってしまっている。外国人風の顔立ちが珍しくもないこの場所でも目立ってしまうと実証されたことで、昴の気持ちは沈んでいた。

けれどため息をついて、引き返すわけにもいかない。今日は博次の父、和夫《かずお》と彼の経営する個人通訳の派遣会社の命運をかけた仕事を任されているのだ。

まだ大学生である昴は、本の翻訳程度の仕事しか引き受けたことはない。しかし、会社を訪れた依頼者が、机に置かれていた家族写真の昴を見て気に入り、強引に通訳にと指名してきたらしい。

伝聞なのは、和夫本人からではなく、博次から大まかな理由を聞かされたためだ。

どうやら依頼人は少々変わった人物のようで、『能力は、最低限の英語ができれば良い。重要なのは容姿だ』と言い切ったのだという。

随分と失礼な依頼なので、叔父も相当悩んだようだ。しかし両親が事故死した後、実の子のように自分の面倒を見てくれた和夫からの頼みと言う事と、自立への一歩と考えて快く承諾した。

それに言語力に関して言えば、教授陣からも一目置かれているという自負もある。実際に、高名な国立大学から『院に席を用意する』と何度誘われたか分からない。

なので、通訳は初めてだが、全く自信がないわけでもない。

けれど問題なのは、自分にコミュニケーション能力が著しく欠落しているという点。過剰な謙遜でなく、肉親や第三者からの指摘を受け、自分で出した結論だ。

――ランス・アクロイドさん……だっけ。気を悪くされなければいいんだけれど。

昴が日常会話ならば英語でも支障がないと知ると、アクロイドは仕事の打ち合わせに八坂の同席を拒否し一対一で会いたいと申し入れて来たのである。相手も多少の日本語は分かると言っていたし、打ち合わせと言っても通訳の契約書と当日の流れをプリントされた書類を渡されるだけと聞いているので、とくに問題はない筈《はず》だ。

——ともかく早く終わらせて、帰ろう。

さりげなく向けられる視線を避けるように、昴は指定されたロビーのラウンジに向かう。入り口のウエイトレスに名を告げると、既《すで》に先方は到着していたようで、窓側にあるテーブルへと案内された。

席に座っている金髪碧眼《へきがん》の青年に、昴は目を奪われる。窓から差し込む光を受け、少し長めの髪がきらきらと輝いていた。まるで映画のワンシーンみたいだと思い立ち尽くしていた昴だが、我に返り深呼吸をする。

参考資料に書いてあった『ランス・アクロイド』という彼の名前と肩書きを頭の中で繰り返す。会話の途中で名前を聞き返し、同級生から嫌な顔をされるのは日常茶飯事だからだ。流石《さすが》に仕事相手に対して、そんな失態は許されない。

しかし博次から渡された写真で顔と名前は確認していたけれど、そんな物がなくても相手の存在感に昴は目を奪われ依頼人だと確信する。

——世界でも屈指の富豪で、イギリス貴族の血を引いてるって聞いてたけど、やっぱり雰囲気が全然違う。

貴族という存在は映画や本の知識でしか知らない昴でも、彼の堂々とした雰囲気に完全に飲まれていた。決して相手を威圧するような感じなどないのに、対峙《たいじ》する側が自然と頭を下げてしまうようなオーラを彼は持っている。

その気品ある容姿と醸し出す雰囲気が相まって、昴は自然と身を強《こわ》ばらせた。

叔父は言葉を濁していたが、アクロイド家は世界経済にも多大な影響を及ぼす富を所有しているらしい。

もし機嫌を損ねたりすれば、八坂家の会社など簡単に潰《つぶ》せるのだとも遠回しに聞かされていた。

——ぼんやりしてたら駄目だ。この人を不快にさせたら叔父さんに迷惑がかかる。

改めてテーブルを見たが、席に着いているのは彼一人だ。てっきり秘書を連れていると思っていたので、昴は内心驚く。

ソファに座っていた男は、昴の気配に気づいたらしく目を通していた書類から顔を上げて立ち上がる。銀行の頭取でもある彼は、ビジネスマンに似合わない優雅な雰囲気を纏《まと》っている。

人の苦手な昴でさえ、彼と対面した誰もが好意を持つだろうと直感的に思える男だった。

口元には余裕のある笑みが浮かんでおり、人見知りしがちな昴でも自然と緊張感が解《ほぐ》れていくのが分かった。

アクロイドは背が高く、自然と昴の視線は見上げる形となった。

「市野瀬昴君だね？　私が依頼人のランス・アクロイドだ。よろしく」

「は、はい」

いかにも外国人といった容姿からは想像もつかない流暢《りゅうちょう》な日本語に、少なからず面食らう。アクロイドは外国人特有の不自然な発音もなく、声だけ聞けば生粋《きっすい》の日本人と変わらない発音だ。

いくらビジネスで度々訪れているといっても、これだけ淀《よど》みなく会話ができるのは、相当勉強した成果だろう。

促されるまま昴は彼と握手を交わし、向かい合う形で椅子に座る。

——なんだか、映画に出てくる人みたいだ。雰囲気も落ち着いてるし、博次の一歳上だって書いてあったけれど、もっと落ち着いてる。……なんて博次に言ったら、落ち込みそうだけど。

「仕事も大切だが、本題の前にまずリラックスしたほうがよさそうだね」

「お気遣いなさらず」

「いや、ビジネスを手伝ってもらう相手に緊張ばかり強《し》いても、良い結果は出ない」

初対面だがアクロイドは穏やかな雰囲気の男で、人見知りの激しい昴でも不思議と相手の目を見て会話ができた。

いつのまにかアクロイドが頼んでいたらしい紅茶とチーズケーキが運ばれてきて、緊張する昴の前に置かれる。

「少し話をしよう。ケーキは好きかな?」

「甘いものは何でも大好きです」

初対面の相手に、好みなど喋《しゃべ》ったことはない。なのにアクロイドの問いには、『大切な新規のお客』という前提を抜きにしてごく自然に会話ができる。

当然だが、アクロイドはそんな昴の考えなど知るはずもなく、にこやかに仕事とは関係のない話題ばかりを振ってきた。

「こちらの希望で、大学の勉学を中断させてしまってすまない。日本では就活……それとも、卒論の時期だったかな」

「いえ。卒業単位は既に取っていますし、興味のある講義は昨年に全て受講してますから。気になさらないで下さい。進路も院への進学が決定しているので、問題ありません」

卒業に必要な単位は取得しているので、時間には余裕がある。

「では、今は何をしているんだ?」

「院の方に部屋を借りて、今はフランス語の勉強をしています。半分独学ですが」

「フランス文学が好きなのか」

「いえ。外国語ならなんでもいいんです。教授からも、素質があるって言ってもらえて。それに一番集中できるから学んでいるだけです」

国文も好きだったけど、八坂家が個人向け通訳の派遣会社を本格的に始めたのをきっかけに、昴はいずれ叔父に恩返しができないかと考えて外国語の勉強を始めたのだ。実子である博次が外国語に関して酷い成績しか取れないと知った叔父は、言語の才能を現す昴に喜び、高校の頃から本の翻訳バイトを頼むまでになっていた。

それは昴としても嬉しい事だったので、今回の件も叔父といずれ会社を継ぐ博次のために役に立てればと思い、引き受けたという経緯もある。

「そういえば、八坂氏の親族と聞いていたが。君は日本人の血の方が強く出ているのかい」

昴はすぐ、自分の髪の色を指していると気づく。博次と親戚なのだと話すと、大抵は聞かれる質問なので慣れている。少しややこしい親族関係の説明も、抵抗はない。

「僕と博次の祖母はイギリス人で、博次の御母様はイギリス人の再婚相手との間に生まれた方です。僕の母は祖母が初めに結婚した日本人との間に生まれた子供なので、父の違う姉妹という関係になりますね。だから僕はクオーターなんです」

かといって、生粋の日本人という顔立ちでもないので不躾《ぶしつけ》な視線を向けられてしまうのだ。

「博次君とも、何度か話したよ。彼も気苦労が多そうだ」

苦笑してるアクロイドに、昴も真顔で頷《うなず》く。

「あの顔で、英語がさっぱりですからね」

容姿は完全にイギリス系である博次の唯一の欠点は、壊滅的に外国語ができないことだ。

レストランに入ると必ず英語のできるウエイターが付きメニューも英字で書かれた物を出されてしまう。

しかし本人は、日本生まれの日本育ちの上に英語に限らず外国語は大の苦手なのである。反対に昴は素質もあったのか、日常会話であれば主要な言語は大抵喋れる。

「君は得意だと聞いているよ」

「アクロイド様も、日本語がお上手で驚きました。ただ……僕はご存じの通り通訳は初めてなんです。ですが任された以上、務めさせていただきます」

八坂からは既に聞いているだろうけど、念のために昴は自己申告する。謙遜していると勘違いされても困るので正直に告げたのだが、アクロイドは承知しているというように軽く頷いただけだ。

「君が日常会話ができるという点は、疑っていない。八坂氏は嘘《うそ》を言うような人物ではないからね。だが日常会話と、ビジネス用語は別だ」

「ですが」

「契約は資料も揃《そろ》っているし、あくまで補佐としていてくれればいいんだ。そう気負わないでほしい」

物言いに、違和感を感じる。問いかけようとする昴の考えを察したように、アクロイドがたたみかけた。

「頼んでおいて悪いが、君の能力には期待していない。見目の良い人材が必要なだけなんだ」

アクロイドの表情も声も穏やかだが、言っていることはとても辛辣《しんらつ》だと昴でも分かる。

普通ならば、怒るべき発言だろう。しかし昴は、逆にすっぱり言い切ってくれた彼の態度に好意すら覚える。

――この人の言うとおり、僕はビジネス英語を出されたら訳せない。でも……。

引っかかりを覚えた昴は、深く考えずに疑問を口にした。

「アクロイド様。会議の相手も通訳を用意してきますよね。なのになにもできない自分を置いていたら、不審に思われませんか？」

するとアクロイドは、それまでの柔和な笑みのまま鋭い眼差《まなざ》しを昴へ向ける。

「君はなかなか勘が良い。気に入ったよ、後で八坂氏のオフィスへ必要な資料を届けさせよう。覚えられるようなら、暗記してきてくれ。無理にとは言わない」

「分かりました」

「それと、そのスーツだが君には合ってない。会議の当日までに新しく仕立てて来なさい。靴や鞄も、店員に見立ててもらえばいいだろう」

確かにこの服は博次から借りてきたので、物はよいけど昴には少し大きい。しかし会議は五日後で、いくら世間知らずの昴でもこの期間でフルオーダーのスーツが作れる訳がないと思う。

だがアクロイドは傍《かたわ》らの鞄から名刺を取り出すと、何事かを書いて昴の前に置く。

「私が懇意にしている店の、日本支店だ。ホテルを出たらこの店に行って、これを見せればいい。話は通しておく」

アクロイドの名刺には、王室も利用していると噂《うわさ》されている有名店の名前が記されていた。

「これを見せれば、間に合うように届けてくれる」

「でも僕、そんなお金……」

「私の通訳として、相応《ふさわ》しい服装をするのも仕事のうちだ。必要経費は、全てこちらが出す」

——試されてるのかな。……アクロイドさんはいいって言ったけれど、最低限の仕事ができないと叔父さんの仕事に支障が出るだろうし。

名刺を手に取ると、アクロイドはそれを了承と理解したらしくにこやかに別れの挨拶《あいさつ》をしてラウンジから出て行ってしまった。

「疲れたから、早く帰りたかったんだけど」

残された昴はため息をつきつつ、のろのろとタクシー乗り場へと向かった。

言いつけ通り、仕立屋に向かった昴が六時間に及ぶ採寸を耐え抜き、疲れきって自宅のマンションへ戻ったのは、夜の十時を過ぎてからだった。アクロイドからの名刺を出すなり店が閉まり、店員総掛かりで採寸から仮縫い、調整まで一気に行われ昴はされるままになっていた。

――疲れた……立ったり座ったりするだけなのに、マラソンしたみたい。……あ、博次来てる。

亡くなった両親と住んでいたマンションなので一人暮らしには広いが、昴にとってはどこよりも落ち着く空間だ。

部屋に入ると合い鍵を持っている博次が、ケータリングの夕食と大きな段ボール箱を前に神妙な顔つきで出迎えてくれる。

「親父《おやじ》から聞いてるけど、大変だったみたいだな。やっぱり俺も、付き添った方が良かったか？」

普段は次期社長として振る舞う博次も、昴の前では砕けた口調の親友に戻る。そして昴も、唯一本音の話せる博次の前では、自然体でいられるのだ。

と言っても、昴の自然体は基本無表情なので、端《はた》から見ると仲の悪い兄弟としか映らないらしい。

「いい。向こうも一人だったから、博次が居たら、きまずかった」

「そうか」

博次も素《そ》っ気《け》ない昴の態度には慣れているので、返答に頷くとケータリングをレンジで温め始める。

「これなに？」

「お前が採寸している間に、アクロイドさんの秘書が親父の所へ持ってきたんだ。中身は見てないぜ。開けてもいいか？」

「うん」

頷いて、昴は椅子に座る。

温まったグラタンと野菜炒めを口に運びながら、昴はリビングで段ボールを開ける博次を眺める。暫《しばら》くすると、外国人俳優と比べられても遜色ない博次が、悲鳴に近い声を上げて頭を抱えた。

「なんだこれ、嫌がらせかよ！」

「なに？」

「ビジネス単語の基礎とか、論文みたいなのの詰め合わせ！　全部英語だぞ！」

――そういえば、アクロイドさんが資料を届けるって言ってたっけ。

学生時代から英語に苦しめられてきた博次は、大量の資料を目の当たりにして拒否反応が出たらしい。

「会議までにビジネス英語覚えたいって話したんだ。だからその資料。スーツも向こう持ちで、仕立ててくれるって」

「実質、四日でフルオーダーのスーツを作らせるのか。金持ちは違うな」

本来なら何度か採寸しないと無理だが、アクロイドは一度で完璧な物を作らせると言った。そして、そんな無理を聞く仕立屋と懇意にしており、職人を動かせる財力も持ち合わせている。

八坂家もかなり裕福だが、アクロイド家とは桁違《けたちが》いだと博次は続ける。

「うちは本家側から国会議員を出す程度だけれど、アクロイド家は世界経済に関わってるって言っても大げさじゃないからな」

「じゃあ、僕が仕事を受けて叔父さんの役に立てたって考えていいの？」

「当たり前だ！　お前がいなかったら、とんでもない上客逃す所だったんだからな。本当に感謝してるよ」

「ふーん」

正直、アクロイド家がどれだけ権力を有しているのか、昴には言われた規模が大きすぎて今ひとつ分からない。

「アクロイド氏は変わってるけど、あの家柄だから媚《こ》びてくる連中も多いんだろうな。だから昴みたいに、感情を出さないで真面目《まじめ》に仕事に取り組む姿勢を見せたから気に入られたんだよ」

感情の起伏が少なく『空気が読めない』と、学友から責められることはあっても、誉《ほ》められはしない。こんなふうに、昴の性格を個性として認めてくれるのは、博次と八坂の家族だけだ。

——それとアクロイドさんも面白いって言ってたっけ。

少なくとも、この仕事相手は昴を気に入ってくれたのだ。期待してないと言われはしたが、こうして資料を送ってくれたと言うことは何か思うところがあったのだろう。

世話になっている八坂家以外の為《ため》に、頑張ろうなどと考えた事はこれまでなかった。しかし昴は、大量の資料を前にして高揚感を覚えていた。

「博次。僕、これを覚える。集中したいから、明日からは食事だけ届けて帰って」

「はいはい。それは構わないけど、睡眠は取れよ。でないと、アクロイド氏が気に入った容姿が台無しになるからな」

「うん」

「機嫌いいな」

声にも表情にも変化はないはずだけど博次は何かを感じ取ったらしい。そして昴も、指摘を受けた事で己の心境の変化を改めて自覚する。

夕食を終えると、昴は自室へと籠《こ》もり早速専門書を読み始めた。

頼んであったスーツの一式は、会議の前日に昴のマンションへ届けられた。予定よりも一日早かったが、感心している暇などなく昴は与えられた資料を読みふけった。

その結果、基本的に言語の飲み込みの早い昴は、特殊なビジネス単語がなければ自然な通訳が可能になったのである。

会議の当日、指定された某企業のオフィスに向かうとアクロイドの部下が出迎えてくれて、応接室へと案内してくれた。

勉強の成果を問われるかと思ったが、アクロイドは昴を一瞥《いちべつ》しただけで軽く微笑《ほほえ》み、会議に出向く。その後は、英語での会話になり昴は新人なりに通訳としての務めを果たした。

合弁を持ちかけてきた日本企業の交渉係は、若い昴を見て呆気《あっけ》にとられていたようだが、契約自体はスムーズに進み、ほんの一時間ほどで終了する。

——終わった……でも、なんかおかしい。

会議を終え、ビルを出たのは丁度昼過ぎだった。折角だから昼食でもと誘う交渉係へ丁寧《ていねい》に断りを告げ、アクロイドに促されて彼のリムジンに乗り込む。

てっきり近くの駅前で降ろされると思っていた昴だが、当然のように海外の豪邸をそのまま使ったレストランへと連れて行かれた。

「私と話がしたいんだろう。ここなら、聞き耳を立てる無粋な者はいない」

余裕で三十人以上は入れるだろうイタリアンレストランには、自分とアクロイドだけだ。別の部屋からは生演奏らしいクラシックの曲が流れてくる。

余りに現実離れした空間に驚くことすらできず、昴は庭に面したテーブルに案内され、彼と向かい合う形で席に着いた。

メニューはないようで、飲み物を聞かれただけですぐに前菜が運ばれて来る。

「あの、ここでの食事は仕事じゃないですよね。僕、お金はそんなに持ってないんですけど」

「支払いは全額私が負担するつもりだが、君は既にスーツの代金の事も気にしているだろう。だから代償は、君との会話で構わない」

「会話って」

「つまり、君が愉《たの》しませてくれればそれが代金の代わりになる。さあ、話しなさい」

言葉も物腰も穏やかだが、内容は高圧的だ。つまりは愉しませなければ割り勘だと昴は理解するけれど、大学へ行く以外では殆《ほとん》どマンションから出ない自分が楽しい話題など提供できるはずもない。

——楽しい話なんて、思いつかない。だったらいっそ……。

どうせ割り勘にされるなら、ささやかだが意趣返しでもしてみようかと考えて昴は無表情のままアクロイドを見据《みす》えた。

「あなたは日本語を理解してるでしょう？　なのにどうして通訳を雇ったんですか」

「突然どうしたんだい。仕事の駆け引きに踏み込むような事を言い出すなんて」

「楽しい話がこれしか思い浮かばなかったから、言っただけです。食事代は分割でも支払いますからご心配なく。ここでのお話は仕事ではありませんから、八坂の方に文句は言わないで下さい。それでは失礼します」

気分を害したアクロイドと食事をするほど、昴も強気なわけではない。

頭を下げて席を立とうとすると、それまで品定めをするように見ていたアクロイドが声を上げて笑い出す。

「やっぱり君は、最高だ！　まあ、落ち着いて座れ」

「どうしたんですか？」

目尻を押さえ涙まで拭《ぬぐ》うアクロイドに、昴は呆気にとられて会話を断ち切るタイミングを完全に逸してしまう。

「アクロイド様？」

「面白い。君となら、まともに話ができそうだ」

光を受けて輝く金髪を無造作に掻《か》き上げたアクロイドの目は、本心から笑っていた。どうしてこの状況で笑えるのか、昴には理解できずただ彼を見据える。

「指摘の通り、私は専門用語を含めて日本語はほぼ理解できる。他の主要言語も同じだ。だが通訳を間に置けば、説明を聞くふりをする間に相手の出方を観察できるだろう。つまりは、時間稼ぎが目的だ」

「使い古された手ですよね」

「けれど、通用するのも事実だ。もちろんそれでは相手も警戒するから、見目の良い君のような人間を置けば、相手の意識がたどたどしい新人君に向いて口が滑る可能性も出てくる」

裏の裏、とでも考えれば良いのか。一見凝った作戦を聞かされた昴は納得しかけるが、はたと致命的な欠陥に気づく。

「本当にそれだけですか？　僕にはアクロイド様の話を聞いても、そんなに利点があるとは思えません。第一、無能な人間を使っていたら、アクロイド様が相手から軽視されるだけで、交渉は有利になりませんよ」

社会人として働いたことのない昴でも、博次から『同業からナメられたら終わりだ』と愚《ぐ》痴《ち》を聞かされることがある。アクロイドのしたことは、まさに会議の相手に『こちらは馬鹿です』と宣伝したようなものなのだ。

しかしアクロイドは、平然として運ばれてきた珈琲《コーヒー》に口を付ける。

「君はとても頭の回転が速いな。そう、その通り。私は馬鹿でなくてはならないんだよ。八坂氏から、私の情報は聞いているだろう？」

「大まかにですが」

正式に仕事を受ける前に、叔父からアクロイド社の成り立ちと経営状況は知られていた。本家を中心とした親族経営の巨大なコンツェルンで、貿易を中心に様々な事業を展開しており、アメリカや欧州の政治にも関わりがある。

一族は皆優秀で、何かしらの経営を任されており、次期総帥は最高の利益を出した者から選ばれるという実力主義の家だ。しかし目の前に座るランス・アクロイドは本家の出だが、ワンマンな仕事ぶりと突拍子もない計画ばかりを進めるので、次期総帥には相応しくないと見なされている。

幸い大きな失敗はしないので、現在は企業買収を中心とした事業を任される立場だと書類には書かれていた。

「一族から放り出すには血筋も良くて金儲けの能力もある、面倒な立場の人間なんだ。一族の連中は総帥の座を狙《ねら》って日々奮闘しているが、私は興味もないし巻き込まれたくもない。だから誰の目から見ても馬鹿でいなくてはならないんだよ」

穏やかに笑うアクロイドを見ても、どこまで本気か分からない。仕方なく、昴は見て感じたままを彼に伝えた。

「つまり……馬鹿を演じることも、アクロイド様の仕事だと解釈していいですか」

途端に、アクロイドの笑みが深くなった。満足そうに何度もうなずき、再び声を上げて笑う。

「その通り、君はこれまで選んだ通訳の中で最高の人材だ」

良かれと思ってやったことが、アクロイドの意に反していたと今更気づいた昴は肩を落とす。彼が求めていたのは『本当に無能な通訳』だったのだ。

「余計な真似《まね》をして、すみませんでした」

「見目が良くて頭も良い。君は商談相手の好奇心を惹きつけてくれた。それは十分過ぎる働きだよ」

手放しで絶賛するアクロイドに、昴は複雑な気持ちになった。

「本当に、そう思ってますか？」

「私は本気だ。だから今から、次の仕事を依頼する」

失礼を通り越した発言をしたにもかかわらず、アクロイドは気を悪くするどころか、昴を認めてくれる。

同年代の知り合いからは、空気が読めないと陰口を叩かれることは多々あり、昴自身も無意識に場の空気を悪くしてしまうと自覚があったから、彼の返答は意外だった。

「君が嫌だと言っても、適任者は見つけられないからなんとしてでも八坂氏に依頼するよ。次の仕事が本命だからね」

「そんな大事な仕事なのに……」

「だからだよ。何も考えず完璧に言いなりになる馬鹿か、私の行動に理解を示してくれる者のどちらかが必要だ。そして君は、一見馬鹿に見える有能な通訳。私が求めている人材として完璧なんだよ」

有無を言わせぬ勢いで告げられ、昴は反論ができない。

それにもしも断ったとしたら、アクロイドは確実に八坂の会社へ圧力をかける。

「分かりました。お引き受けします……ですけど、精一杯仕事はしますが、あまり期待はしないで下さい」

今回は無難にこなしたが、やはり実際の会議を経験してみると、己の実力不足を実感した。翻訳の仕事と違い、他者の言葉をその場で意味を違《たが》えず伝えるというのは、集中力や知識だけでなく、場のニュアンスなど臨機応変な対応が求められる。幸い、ほぼ纏まっていた契約だったので、書類を元にした確認が主だったのも幸いだった。

突発的な事案が生じていたら、正直正しい通訳ができたとは思えない。

それを素直に伝えると、アクロイドは満足げに頷く。

「自分の実力を正しく理解するというのは、難しい事だ。けれど君は、冷静に認めた上で反省もしている。よい傾向だ」

アクロイドは肩越しに振り返り、離れた場所で控えていた秘書を呼ぶ。そして鞄から書類を出させ、昴に渡すよう告げる。

「ざっと目を通しておいてくれればいい。会議は明日だ。須和《すわ》という男が、立ち上げた証券会社への融資を求めている。最近頭角を現し始めた会社だが業績は安定している。しかし、扱う商品のリスクが高い」

説明されても、金融に疎い昴にはアクロイドが何を言いたいのかよく分からず小首を傾《かし》げる。

それを見透かしているかのように、彼は口の端《は》を上げて続けた。

「分からなくて、問題ない。むしろ、仕事内容に関して君は気にしなくてもよい。それは私が考える事だからな。君がするべき事はただ一つ、相手の態度を見て正しく通訳としての務めを果たすこと。それだけだ」

ある意味、正しい依頼だろうけどやはり引っかかりを覚えてしまう。だが通訳として雇われている以上、昴はこれ以上立ち入るのは失礼だと思い直す。

「では食事にしよう。ここの料理は絶品でね、特にオマールエビがよいんだ」

「はあ……」

完全にアクロイドのペースに乗せられた昴は、運ばれてきた料理を大人しく口にする。

普段食べ慣れているケータリングよりずっと美味《おい》しかった気もするけれど、緊張のせいで帰宅する頃には何を食べたのかすっかり忘れていた。

翌日は、アクロイドの部下が運転するリムジンがマンションまで迎えに来た。

――なんだか、すごく偉い人になったみたい。

本来ならば専属の通訳でもないのだから、仕事場となる須和のオフィスには電車で出向くのが筋だろう。しかしアクロイドは、八坂から昴が人混みを苦手としていると聞いていたようで、迎えの車を手配してくれたのだ。

お陰で朝の通勤ラッシュに巻き込まれることもなく、都内のオフィスビルへと向かうことができた。

指定された時間通りにビルの一階でアクロイドと合流し、彼の秘書達と共に『須和コンサルタント』と名前の入ったフロアへ行く。大抵は一つのフロアに数社が入っているが、須和コンサルタントは二つのフロアを丸ごと借り切っている。

都心の一等地。それも最近造られたばかりのオフィスビルに本社を構えているという事は、かなりのやり手という事だろう。

昨日の契約を成功させたことで、秘書達も昴に対して好感を持ってくれたらしく、ぎこちないながらも雑談をしつつエレベーターへ乗り込んだ。

——大学よりも、ずっと気楽だ。

皆がアクロイドを支えるという一つの目的を持っているせいか、個人的に立ち入った話はしない。

挨拶一つにも、機嫌が悪そうだの何だのと、一々言ってくるゼミの仲間とは大違いだ。

——やっぱり院に留まりながら、八坂の叔父さんの所でも働かせてもらおうかな。

これまで他人と関わるアルバイトをしたことがなかったので、今回の仕事も及び腰だったのは否めない。叔父と博次の頼みでなければ、確実に断っていたと思う。

けれどアクロイドや彼の部下に『仕事仲間』として認められつつある現状は、昴の心に僅《わず》かながら変化の兆しを及ぼしていた。

エレベーターで中層階まで上がり廊下へ出ると、すぐに受付嬢が出迎えてくれる。テレビの経済番組などでよく見る光景に、内心昴は興奮する。

けれど表情や言動には全く出ないので、周囲からは無感動と思われてしまうのだ。

——こんな所にオフィスを持ってるなんて、やっぱり有能な人なんだろうな。……あれ？

ちらとアクロイドを見るが、昨日とは違い眉間《みけん》に皺《しわ》が寄っている。不審に思うと、アクロイドも昴の視線に気づいたのかすぐにいつもの笑みに戻った。

「どうも仕事病というか、妙な勘が働いてね……ああ君が気にする事はないよ。昨日と同じように、昴は通訳の仕事をしてくれ」

「はい」

どちらにしろ、彼の仕事へ立ち入るなど通訳の仕事ではない。深く考えずに頷き、昴は受付嬢に案内されて奥の応接室へ歩いて行く。

――敷いてある絨毯《じゅうたん》は綺麗だし、受付も豪華だったけれど……ちょっと派手だな。

恐らく社長である須和の趣味なのだろうが、叔父の木材をメインにした落ち着いた雰囲気のオフィスになれている昴には少しばかり派手に映る。

紅や金を基調とした調度品は綺麗なのだが、どこかごちゃごちゃとして無理に詰め込んだような印象を覚えた。

幾つかの角を曲がり、通された部屋もやはり豪華に飾り立てられており更に辟易《へきえき》する。デザインなどに興味のない昴でさえげんなりしているのだから、洗練された物を身近に置いているだろうアクロイドはどう思っているのかと、何気なく彼に視線を送ると、苦笑が返される。

――……多分。おなじ事考えてる。

空気が読めないと言われる昴に、アイコンタクトを返してくれるのは今では博次くらいだ。なんだか嬉しいような、くすぐったいような感情がこみ上げてくるけれど、この感情をどう表せば良いのか分からない。

ソファに座ると珈琲が出され、ほぼ同時に眼鏡《めがね》をかけた三十代半ばくらいの男が入って来た。

「初めまして、ミスター・アクロイド。須和健司《けんじ》です。この度は、ご足労ありがとうございます」

髪はきっちりとオールバックに整え、スーツにも皺一つない。一見神経質そうだが、声には自信が満ちており、アクロイドとはまた違った意味で初対面の相手を安心させる雰囲気を持っている。

若くしてこれだけの会社を経営する人物らしい風格に、昴も自然と姿勢を正す。

銀フレームの眼鏡越しに一瞥されるが、明らかに新人と分かる昴にも特に侮った雰囲気も見せず丁寧な目礼までされた。

——恐《こわ》そうだけど、丁寧だしいい人なんだろうな。これなら会議も、上手《うま》く纏まりそうだ。

強引で破天荒なアクロイドとは、対極にいるような人物という印象を持つ。

しかし短い雑談の後、会議が始まると雰囲気は一変した。アクロイドも須和も、数十ページ近い書類を一行ずつ指摘し合う。互いに冷静で声を荒らげることはないが、不穏な空気が流れているのは昴にも感じ取れた。

アクロイドは日本語が分かると言っていたが、昴も通訳らしく仕事をするため、須和の主張を訳して彼に伝えなくてはならない。時々、引っかかりを覚えたが、何が原因か考えている暇などないのが現状だ。

一時間ほどして、いったん休憩になり昴は気分転換をするために自動販売機のある受付まで出る事をアクロイドに告げる。彼は快く頷いてくれたので、昴は応接室の位置を確認してから、長い廊下を歩き始めた。

「あーっ、疲れた」

交わされる専門用語は昨日とは格段に多く、訳していくので精一杯だ。しかし書類の確認をする度に、アクロイドの表情が険しくなっていくのが気になる。

──元々決まっていた条件みたいだけど、なにか不備でもあったのかな？　と言っても、証券や金融に詳しくない昴には彼らの契約がどんな物かさっぱり理解できない。

──長引きそう。

翻訳と違い、通訳はその場で臨機応変な対応を迫られるので集中力を維持しなくてはならない。

途中で適当に流してしまってもアクロイドは怒らないだろうけど、それは昴のプライドが許さない。自動販売機で買った温かいココアを一気に飲み干し、脳内への糖分補給を済ませると気持ちを切り替えるために深呼吸をする。

「よし」

「通訳の、市野瀬君だね。ちょっといいかな」

ペットボトルを捨てて振り返ると、何故かそこには取引相手の須和が立っていた。てっきりオフィスでアクロイドと歓談しているとばかり思っていたので、意外な人物の出現に内心慌てる。

「若いのに随分と堂々としているね。通訳は慣れているのかい？」

「いいえ」

「アクロイド氏と随分意思疎通が取れていると、私の通訳が言っていたが、ビジネス以外でも付く専属なのかな」

「派遣です」

――仕事なんだから、ちゃんと話をしないと駄目なのに。うまく言葉が出ない。

必要最低限どころか、初対面の相手には視線すら合わせられず、まともに答えを返せないのは子供の頃からの悪い癖だ。自分では直そうとしているのだけれど、どうもうまくいかない。

だからアクロイドとあれだけ長く話ができたのは、奇跡と言っても良かった。

「……君が警戒してしまうのも、仕方がないか。まだ契約は準備段階であるし、実際問題点の方が多く出てしまっているからね」

有り難いことに、須和は昴が取引相手に内情を話してしまわないよう、あえて言葉を少なくしていると思ったらしい。

無言でいると、須和は構わず話を続ける。

「実は君に、頼みたい事があるんだ」

「何でしょうか」

「後半の会議が、重要になるんだが。その際こちらを信頼させるように、通訳を行って欲しいんだ。事前に渡した書類の数字は、少々厳しくしすぎていてね。その点をアクロイド氏は気にしているようなんだ」

あれは大した事ではないと、聞いてもいないのに須和が弁明めいた口調で続ける。

「君にはただ、改めて試算をしたら十分利益が見込めるようになったらしい、と伝えてくれれば良い。有利に運んでくれたら、謝礼は出す」

——それって、嘘の通訳をしろって事？

コミュニケーションの苦手な昴でも、あからさまな須和の物言いに聞き返すまでもなく本心に気づく。

取引の内容は分からなくても、アクロイドの判断一つで巨額の資金が動くことは理解していた。それなのに、この男は正当な取引ではなく、通訳である昴に嘘をつかせてまで契約をもぎ取ろうとしている。

——契約が成立すれば会議もすぐに終わるだろうけど、これはやったら駄目だ。

昴が進言したところで、アクロイドは自身の考えを覆したりはしない。しかしそれ以前に、大事な商談で納得できる理由もなしに嘘を言えと頼まれて頷けるはずもなかった。

「自分は新人通訳で、そちらの意向に応えられる技量はありません」

「待ちたまえ。君の受け取っている給料の倍は出そう……」

頭を下げて立ち去ろうとすると、須和が焦った様子で昴の手を摑《つか》んできた。予想もしていなかった行動に、昴は目を見開く。

「離して下さい」

『昴』

わざとらしい外国人訛《なま》りで呼びかけられ、昴は声のした方を見遣《みや》る。いつの間にかアクロイドが立っており、二人ににこやかな笑みを向けた。

『まだ確認していない書類があったのを思い出してね。休憩を少し長く取ってもらってもいいかな？』

さりげない動作で、アクロイドが昴の肩を抱き須和から引き離す。内心ほっとしつつ、昴はそのまま須和にアクロイドの意向を伝えると、明らかな作り笑顔を浮かべて頷く。

昴は彼に肩を抱かれたまま、まるで恋人同士のように並んで須和に背を向ける。

『聞かれる可能性があるから、フランス語を混ぜるが分かるかい？　あの男から、妙な事を持ちかけられただろう？』

フランス語は専攻しているので、日常会話は問題ない。頷くと、アクロイドが満足げに口の端を上げた。

『聞いてたんですか?』

『いや、あの男なら、君に取引を持ちかけると思ったんだ。君を引き入れてまで成立させようとする行動からして、相当焦っていると確証も得た』

どうやらアクロイドは、わざと昴を一人にして須和がどう出るかを見張っていたようだ。

『君ならば余計な事は言わず、須和に話をさせた上できっぱり断ると予想はしていたが……なんにしろ、不快な思いをさせることとなって、すまなかった』

『アクロイド様が謝る事じゃありませんよ』

上手く使われたと分かっても、それほど嫌な気分にならないのはアクロイドが真摯《しんし》に謝ってくれたからだろう。それに、彼が自分を信頼してくれたという事が単純に嬉しい。

その後、契約内容でアクロイドと須和の歩み寄りはなく、会議は結果として物別れのまま終了した。

依頼された仕事も無事に終わり、再びこれまでと変わらない日常が昴に訪れたが、それも

数日ののちに覆ることとなる。

その日の夕方。ケータリングを持った博次が、昴のマンションにやってきた。

業者とはもう数年来の顔なじみなので、たまたまマンションの玄関先で会った際に、受け取ってきたようだ。

「連絡もなしに来て悪いな」

「平気。博次だし」

高校卒業を機に、昴は叔父が管理していてくれた両親のマンションに戻っている。家事は基本的にできないので、翻訳のアルバイト代として週に一度の家政婦派遣と、食事は八坂家も使っているケータリング業者に頼んである。

なので大学に入ってからは、講義を受ける以外に出歩く必要もなくなっていた。昴としては、場の空気を乱す懸念をしなくても済むようになったので、ある意味とても充実した生活を送っていた。

「仕事は？」

「まだ途中。てーか、依頼をしに来たんだよ」

人との関わりを避ける昴を、博次が心配してくれているのはよく知っている。けれど同時に、両親と死別する以前から家族ぐるみで交流のあった博次は、決して無理に昴を他人と関わるように勧めたりはしない。

その優しさに甘えている自覚もあるが、自分の言動に不快感を覚える相手もいる事を昴は理解しているので、今の生活を変える気はない。

「依頼？　新しい翻訳のアルバイト？」

幸いなことに、昴の翻訳した文章は編集者や読者からの評判が良い。海外俳優のインタビューや雑誌のコラムなど比較的短時間でこなせるものが多いので、昴も勉強に支障の出ない範囲で取り組めるのが利点だ。

しかし博次は、眉間に皺を寄せて首を横に振る。

「あいつ。ランス・アクロイドが日本滞在中の通訳として、昴を雇いたいって言ってきたんだ。他の通訳も紹介してみたんだが、履歴書も見なかったって親父が頭抱えててよ」

「アクロイドさんが？」

彼とはそれなりに楽しく仕事ができたが、あくまで雇用主と通訳の関係でしかなかった。それに通訳自体もどうにかこなせたという程度で、アクロイドが日本語を理解できなければ会議は難航しただろう。

「先方は昴の対応にかなり満足しててさ。他の通訳を付ける気はないって言い切った」

どかりとソファに座った博次が、蛍光灯の下でも綺麗に輝く金髪を無造作に掻く。苛立《いらだ》っているときの癖は、昔から変わらない。

「随分気に入られたようだけど、変な事されなかったか？」

言われた意味が分からず、昴は小首を傾げた。

「変な事？　……僕の方が喋りすぎて、先方を不快にさせたなら分かるけど」

「それも親父から聞いた。てっきり尋問でもされて、無理に話をさせられたのかって心配したんだぞ」

「考えすぎ」

笑いながら昴もテーブルの向かい側に座り、ケータリングの箱を開ける。

自炊も外食すらほとんどしない昴にとって、三食が全て弁当という生活は変わったことではない。

たまに八坂家に招待された際、博次の母が振る舞う家庭料理を食べる程度だ。もう母の作った料理の味は、記憶から消えているので寂しいと感じる事もない。

それを高校時代に会話の流れでクラスメイトに話をしたところ、『変だ』とレッテルを貼られた。虐《いじ》めには発展しなかったが、それを境に彼らとの間に見えない壁ができたと昴も自覚している。

大学に入ってからも飲み会やサークルへの参加を断り続けた結果、『付き合いの悪い男』と認定されてしまった。決定的だったのは、昴が携帯電話しか所有しておらずＳＮＳにも入る気がないと知られたことだ。

女子達からはかなりしつこく誘われたが、全て断ると好意は敵意に変わった。

話は在籍する学部全体へあっという間に広まり、今ではまともに会話をするのは教授陣だけになっている。

「住む世界が違いすぎるから、逆に話しやすかったんだと思う」

「それならいいけどよ」

「それで、博次の言う変な事ってなに？」

「あ……ええとな。あのアクロイドって男、かなり手が早いって聞いた。つまり気に入ると性別関係なく片っ端から口説《くど》くらしい」

蓋《ふた》を開ける手を止めて、昴は暫《しば》し考える。確かに彼は気さくだったが、博次の言うような言動はなかった。

「ふーん。でも仕事を依頼してきているんだから、大丈夫なんじゃないの」

「危機感なさ過ぎだぞ。とにかく俺としては、そんな男が指名してきた事が心配なんだ」

「つまり、性的に奔放なお客が僕を指名したのが納得いかなくて、博次は困ってる」

言葉を濁す博次に、昴ははっきりと言い放つ。

「でも断れば叔父さんも博次も、もっと困る」

八坂の経営する会社は個人向け通訳をメインに置いた、派遣会社だ。経済から観光まで、様々な分野のエキスパートを雇っており、顧客の要望に合わせた仲介をする。なので依頼者は外資系の会社や個人的に通訳を雇い旅行を楽しみたいという、富裕層が多い。

だから一度評判が落ちれば、口コミで顧客層に話が広まってしまうのだ。特に今回の場合、理由もなく断ったと知られれば信用がなくなるのは目に見えている。

「僕はいいよ。大学の方は、研究室にしか顔を出してないし。一ヶ月くらいなら、自由になる」

院への進級試験は少し先だけれど、これまでの成績や論文だけでも教授会では高評価されている。なので試験は形だけで問題ないのだと、教授からは太鼓判を押されていた。なのに博次は、困ったように頭を抱えて動かない。

「何もされてないってば」

「だからって、これからも何もないって保証はないんだぞ」

「あるわけない」

確かに自分は他人より目立つ容姿をしている自覚がある。だがそれ以上に、他人との協調性に欠けた性格の持ち主であるとも自覚していた。

「頼まれた仕事だって今回は短期だから上手くいったけれど、個人的な通訳もするならすぐ解雇される」

「だって、気に入られてるんだぞ」

「僕、空気読めないし。アクロイドさんも長い時間僕といたら、嫌になるよ。手を出す気になんてならないよ」

物心ついたころから、昴の周囲には友達と呼べる相手はいなかった。本や一人遊びに没頭する昴を見かねて両親は色々と気遣ってくれたが、確かな改善が見られないうちに親は他界した。

それ以降、八坂家に引き取られた昴は更に人見知りが激しくなる。幸い親戚の八坂家はみな大らかで、昴の性格をそのまま受け入れてくれたから関係は良好だが、他人は違う。目上にお世辞も言えず、同年代の女性が求める気配りも下手な昴はその容姿に反して、恋人がいたことすらないのだ。

「多分、迷惑かけることになる。ごめん」

「反対しておいてなんだけど、もっと自信持って仕事しろよ。昴なら、できるって」

解雇されれば、矢面《やおもて》に立たされるのは叔父の方だ。いくらお客が指名しても、望む働きができない時点で文句を言われても仕方がない。

昴が気まずい空気を無視して、黙々とケータリングのオムレツを口に運んでいると、博次の鞄から電子音が響く。

——仕事かな。

最近は後継者として、父親である和夫の仕事を任されることが多くなったとぼやいていたのを思い出す。なんだかんだ言いつつこなしてしまうのだから、やっぱり博次は経営者としての資質があるのだと昴は考える。

「……え、ですから今日は……はい……分かりました。一時間ほどかかりますが、それでもよろしいですか？　……はい」

随分と無理を言われているらしく、博次の額に汗が浮かぶ。次第に声のトーンも落ちて、電話を切る頃にはすっかり憔悴《しょうすい》した顔になっていた。

「悪い、昴。これから俺と、この間アクロイドに会ったホテルに行ってくれるか？」

「どうしたの」

「すぐにでもお前と話をして、契約したいそうだ。流石にこれからってのは無理だって言ったんだけど……電話してきた向こうの秘書も、『了解取るまで、何度でも電話しろ』って命令されてるなんて言われてさ」

随分と無茶苦茶な事を言い出すと昴も思ったが、これ以上迷惑を被《こうむ》る人間を増やすのはよくないと決断する。

「いいよ。オムレツ食べ終わったし。着替えたら出るから」

「昴、本当にごめん」

「アクロイドさんが変わってるのは仕事してなんとなく分かってるし、気にしてないよ」

「いや、だから俺が心配してるのは……」

言いかける博次を無視し、昴は食器を片付けると出かける支度を始めた。

そして、きっかり四十分後。なんだかんだでアクロイドからプレゼントされる形となった件《くだん》のスーツを着て、昴は博次と共に指定されたホテルに入った。

初めてアクロイドと顔を合わせたロビーには、既に会議で顔見知りになった彼の秘書が待っていてにこやかに二人を出迎えてくれる。

「八坂様はお戻り下さいとの事です」

「……またのけ者かよ」

苦々しげに呟《つぶや》く博次に大丈夫だからと頷いて見せて、昴は秘書の後に続いてエレベーターへと乗り込む。

「ラウンジじゃないんですか」

「前回と違って、長期契約をしたいとのご意向でして。市野瀬様とは改めて契約内容も含め込み入ったお話をされたいそうです」

つまりは『お飾り』とは違う、本来の通訳らしい仕事をアクロイドは求めているのだ。本人が日本語を理解していても、独特の細かいニュアンスまでは分からないのだろう。

しかし昴も、彼の求める仕事をこなしきれる自信などあるわけもない。

――会議は資料もあったし、用語をそのまま訳せばいいだけだったけれど。本格的な会話はどうだろう。

外国語は一般的な大学生と比較すれば多少得意な方だが、通訳としての実績はほぼゼロだ。自分の能力は昴自身が、一番分かっている。

アクロイドがどうして契約をしたいと言い出したのか分からず、昴は秘書に促されるまま案内された部屋へと入った。

会議の打ち合わせは全てラウンジで行っていたので、彼の滞在している部屋に入るのは初めてだ。それなりの地位にある人物だと理解していたが、いざスイートルームに足を踏み入れると、緊張で背筋が伸びる。

——ホテルの部屋なのに、クローゼット付きの玄関……廊下もある。この暖炉のある部屋に入るまで、鍵のかかるドアが三つ……もしかしなくても、単なるスイートルームじゃなくて特別仕様の部屋？

八坂家が昴を気遣い、家族旅行に誘ってくれる際に宿泊するホテルもかなりランクの高い部屋を使うが、ここまで広いのは初めてだ。ざっと見ただけでも、部屋数は十を下らないし、部屋には暖炉やグランドピアノ、そして映画で観る様な中世ヨーロッパ風の所謂《いわゆる》猫足家具というもので統一されている。

ついじろじろと室内を凝視してしまうが、他人からすればそれでも昴は眉《まゆ》一つ動いていないらしい。

教授に連れられて学会へ出ても顔色一つ変えず冷静に質問に答えてしまう。それが他校の教授陣からするとおもしろいようで、『胆が据わっている』などとからかわれる始末だ。

逆に同行した学友からは、何をしても沈着冷静に見える昴の態度は気に障《さわ》るようで、『気に入られようとして、媚びを売って生意気だ』などと因縁を付けられることも多い。

単に感情が表に出ないだけなのだが、なかなかそれを分かってもらえない。そんな悩みを口にしても、これまでまともに取り合ってくれた相手は親族以外いないのが現実だ。

手持ちぶさたに立ち尽くしていると、奥の書斎からアクロイドが顔を覗《のぞ》かせて入るように手招く。

「気楽にしていいよ。ルームサービスのジュースでも頼むかい？　それとも夕食？」

「いえ、食べてきました。お気遣いなく」

こんな時、礼の一つでも言えれば、可愛げがあるに違いない。なのに、口から出るのは淡淡とした事実だけ。

しかしアクロイドは気を悪くしたふうもなく、書類の束を片手に部屋に戻ってしまう。昴も仕方なく後に続き、彼が書斎として使っているらしい部屋のソファに座った。

細やかな刺繍《ししゅう》の施されたそれに腰掛けるのは、なんとなく気が引けたけれど断るのも失礼だと思い直す。

——この形の家具、八坂の叔父さんがやっと手に入れたって、珍しく自慢してたような気がする。

「話は、博次君から聞いているね。彼はあまり乗り気ではなかったようだけど」

「はい。ですが、断ればもっと迷惑がかかると考えて来ました」

「君の答えは整然としていて、とても良い。やはり君にしてよかった」

手にした書類をざっと捲《めく》ると、アクロイドは無造作にテーブルへと置く。そして突然、昴の隣にどかりと腰を下ろした。

「私に男の愛人が居たことは聞いているかい？」

「ええ」

何の脈絡もない問いだが、昴は生真面目《きまじめ》に頷いた。

家を出てから車の中で、それこそ耳が痛くなるほど、アクロイドの恋愛遍歴の噂は博次から聞かされていた。

嘘だと一蹴するつもりはなったが、余りに自分の知る世界とはかけ離れすぎていて、昴としてはアメリカの恋愛ドラマでも聞かされているような気になっただけだ。

だからといって、仕事中にセクハラを受けた覚えもないので、昴は適当に聞き流していた。

「あの須和という男も、私が日本での愛人として君を側《そば》に置いていると勘違いをしてくれたようだ」

「そうですか」

「驚かないのか？」

「僕がお金で言いなりになると考えていたみたいですし、思い込みの激しい方なんでしょう」

「君は自分の容姿が人目を惹くと、自覚がないのか？」

「あります。けれど、仕事とそれとは別でしょう」

何故話の流れが自分の容姿に重点が置かれていくのか、理解できない。

微妙な沈黙が落ちた後、先にアクロイドが口を開いた。

「私が君を呼んだのは、正式にプライベートでの通訳を申し込むつもりもある。だが折角だし、愛人としての仕事をするつもりはないかな」

――……何を言ってるんだろう。この人。

アクロイドは契約のついでという態度なので、とても本気には聞こえない。

――恋愛には奔放だって聞いてるし。冗談も恋愛がらみなのかな？　女の人なら、セクハラとかになるんだろうけど、僕は男だし……でも法律的には、適用されるのかな。

どう答えて良いのか迷っていると、アクロイドがいくらか真面目な表情になる。

「同性から、こういった事を言われるのは嫌だったかい」

「あ……いえ。アクロイド様の恋愛遍歴は聞いてますし、偏見はないです」

周囲にそういう嗜好の知り合いがいないので、昴としては特別嫌いもなにもないのだ。だから思った通りに伝えると、アクロイドが破顔する。

しかし、愛人云々《うんぬん》より、昴としては別の懸念があった。

「それより、こんなつまらない僕をプライベートでも側に置いてどうするんですか？」

「君は自分を、つまらない人間だと思っているのか」

「はい。面と向かって言われたこともありますし、自覚もしています」

「卑下……ではないか。本心でそう言うのも珍しいな」

じっと見つめてくる碧《あお》の瞳に、引き込まれてしまいそうになる。博次の目も青いが、アクロイドの瞳にはそれ自体に魔法がかかっているみたいで、昴はぼうっと見つめ返す。

「君はとても興味深い。容姿や能力も勿論《もちろん》素晴らしいけれど、私は君自身にとても惹かれている」

数日前に話をしたときは、初対面という緊張感もありアクロイドを意識することは殆どなかった。

けれどこうして二人きりで話をしていると、やけに彼の声が優しく、耳に馴染《なじ》むと昴は気づく。

「須和のオフィスを、どう思った？」

「整理されてない、おもちゃ箱みたいでした」

急な問いかけに我に返った昴は、深く考えず答える。仮にも名の通った会社のオフィスを『おもちゃ箱』などと表現すれば、いくらアクロイドでも困惑するに違いない。

だがそんな考えも、杞憂《きゆう》に終わる。

「気が合うね、私も同意見だよ。ああいった派手な飾り付けでも、趣味が良ければ魅力的な物になるんだけれど、須和のオフィスは駄目だね」

「片付けが苦手な人が、無理にクローゼットへ押し込んだみたいな……そんな感じですか」

するとアクロイドはうなずき、声を出して笑った。

「つまらないか、面白いかで判断するなら君は断然面白い。一緒にいて飽きない性格だ」

「それはアクロイド様も同じです。面白くて、不思議な方です」

「物怖《ものお》じせず、私に言い返せるところも気に入ったよ」

一言余計だと、指摘される事はあってもこんなふうに返されたのは初めてだ。仕事の説明を受けたときも、彼には昴なりの自然体で話ができたと思い出す。

「君は初対面の相手だと、余計なお喋りはしないと八坂から聞いていたがそうでもないようだね」

「すみません」

「いや、私も君の前ではどうも喋りすぎてしまう。お互い様じゃないかな——ともかく、私は君をもっと知りたくなった。この偶然の出会いを、愉しんでみる気はないか？」

「先程の愛人契約の件ですが、それはお断りします。仕事の依頼でしたらお受けできますが……」

「ではとりあえず、仕事の契約だけ済ませよう。後々、気が変わったら、愛人になってくれればいいよ」

では契約成立だと言って、アクロイドが握手を求めるように右手を差し出す。昂も特に疑問を持たず握り返すと、いきなり強い力で引き寄せられた。

「アクロイド様?」

怪訝《けげん》そうに呼ぶと、やけに近い距離で顔を覗き込まれる。

——綺麗な顔だなあ。

この性格が災いし、昂はこれまで恋愛というものを経験したことがなかった。その上、自分に家族愛以外で好意を寄せる相手がいるなどと、微塵《みじん》も考えていない。

「プライベートでも一緒にいる時間が長くなるんだから、他人行儀な呼び方は止《や》めてくれ。私は君を昂と呼ぶから、君もランスで構わないよ」

「だめです」

いくら気に入って指名してくれたとしても、これは仕事だ。対人関係の苦手な昂でも、お客を呼び捨てにするのは良くないことくらい分かる。

しかし、アクロイドも意地になっているのか、引こうとしない。

「呼ばないなら、日に三回頬《ほお》にキスをするぞ」

——これって、やっぱりセクハラ?　でも、お客の頼みを断る方が、もしかして失礼なのかな。

先程より近づいた彼の顔が少し気になったけれど、昴は生真面目に告げた。

「……分かりました。じゃあランスさん、で妥協してくれませんか」

「本当に君は、面白い。――これは先程まで私を『アクロイド様』と呼んだペナルティだ」

ランスが昴の頬に唇を寄せた。

顔を背《そむ》ける隙《すき》も与えず唇すれすれの位置にキスをされ、真っ赤になる。

「えっと、あの」

契約前の事だと反論したいのに、予想外すぎる出来事に頭と言葉が現状認識に追いつかず、昴らしくなく慌てた。

「名前で呼ばないと、またペナルティを科すけどいいのかい？　契約書類は、八坂に送っておくからあとで確認をしておいてくれ。給料と待遇に不満があれば、改善しよう」

上手く言いくるめられてしまったと思うけれど、言い返す言葉が思いつかない。結局昴は有耶無耶《うやむや》のうちに、ランスの専属通訳を引き受けることに同意してしまった。

アクロイド家の厄介者。

という立場を演じるのは、ランスにとってそこそこ楽しいものだ。

適当に会社を経営し、莫大な損害さえ出さなければ小うるさい顧問や現役を退いた親族の連中から口出しされる事もない。

なにより、面倒な跡継ぎ争いから除外されている身というのは気楽で、自分の性格にも合っている。

多少のスキャンダルは、本家に向かいがちなマスコミの関心を惹きつけてくれるというので、親族からは遠回しに感謝もされているほどだ。何にも縛られることなく適当に遊び回り、趣味で資産を増やす生活に他人を立ち入らせることなどないと考えていたが、昴だけはどうも違った。

初めて仕事を依頼した時は、単純に『見目の良い人形』という印象だったが、話してみれば最高の掘り出し物だったと気づく。

これまで簡単な書籍翻訳程度しかしていなかったと聞いていたので、正直なところたった数日で本当にビジネス英語を理解できるようになるとは思っていなかった。物事に集中しすぎて自分の世界に入り込むことが多いせいか、同年代の友人とは溶け込めないようだ。しかし、基本的なコミュニケーション能力には問題ないと、ランスは判断している。

――本人の気質もあるのだろうけど、対人関係に自信を持てれば更に伸びるね。

ランス自身、面倒ごとは極力避ける性格だが、昴の持つ言語理解の能力はとても魅力的だ。その上、容姿も好みと来れば手放すのは惜しい。

だから珍しく自分から働きかけて八坂と掛け合い、かなり強引に昴をプライベートでも通訳として雇うと決めたのである。

部下達はいつもの気まぐれと思っているので、特に説明する必要もなかった。いや、ランスの下で働く者は、どんな難題をふっかけられても誰も彼に逆らうことはしない。

それだけ、アクロイドの名は強大なのだ。

たとえ跡取りの座から退いたと知られていても、ランスの持つ権力と財力はかなりのものなのである。少しネットで調べれば、ゴシップも含めてアクロイド家の逸話はいくらでも出てくるから、どうせすぐ昴が何かしら聞いてくると構えていた。

しかしランスの滞在するホテルへ通訳係として通い始めてからも、相変わらず真面目な態度を崩さない。

「――昴、改めて聞くが私の愛人になろうと思わないか？」

革張りの長椅子にだらしなくもたれたランスは、立ったまま几帳面《きちょうめん》に書類を捲る昴に声をかけた。

「嫌です」

間髪入れず拒絶されるのは、もう何度目か数えるのも止めてしまった。同性との恋愛に拒絶反応を示す者は少なからずいるから、ランスは昴を刺激しないよう最初はもっと冗談めいた口調で誘っていたが答えは変わらない。どんなふうに口説いても、昴は大真面目に拒絶をするのだ。

性癖の問題もあるのだろうけど、大抵の愛人はランスの持つ金を目当てに体を許すが昴はそんな素振りもない。

「それより今日の予定は、アクロイド家の出資で新しくオープンしたレストランで会食だと秘書の方から聞きました。僕も同行した方がいいですか？」

「あれか、面倒だからキャンセルしてくれ。私は昴と話をしていたい気分だ」

日本にも、アクロイド家が関わる企業はいくつも進出している。直系という事でイベントの度に呼ばれはするが、出る事は滅多にない。

「そんな事より、愛人の件だがなにが不満かな？　君の希望する金額は払うよ。やめたくなったら、それまでの謝礼も君の希望する金額を支払う」

「今のお給料で十分生活できます。両親が残してくれた遺産もありますし、僕には愛人になるメリットはないんです」

とりつくしまもない。

かといって、完全にランスを拒絶している訳でもなく、どちらかといえばリラックスしているようだから不思議議だ。

プライベートの仕事だけだから、気楽な服装で構わないと告げたら、昴は翌日からジーンズにシンプルな白いシャツ、黒いジャケット姿で現れたのである。

どれも従兄が選んだ物で、昴の容姿を引き立てるデザインばかりだったが、正直、ランスは面白くない。

すぐ懇意の店にスーツや私服を十着ほど用意させたが、昴は誰からか以前作らせたスーツの値段を聞いたらしく『自分には勿体《もったい》ない』と言ってホテルのクローゼットにしまい込み、袖《そで》も通さない。けれどランスが外出すると言えばあくまで『仕事着』としてスーツだけは着てくれる。

これまで口説いてきた相手は、どれほど堅物でも現金や高額のプレゼントをちらつかせれば二つ返事で頷いてくれた。

愛人なのだから、金で割り切る関係だとランスも承知していたので、出し渋る事はなく、手切れ金も言い値で払っていたからトラブルもない。

だから今までと変わらない生活水準で十分だという昴の言い分が、理解できないのだ。ただそんな思い通りにならない昴の返事はある意味新鮮で、クールだとも思う。

——容姿は顔合わせをしたときから気に入っていたし、あっさり落ちないのも魅力だね。

駆け引きを愉しんでこそ、恋は楽しいと悪友からも言われている。

何もかも思い通りになるランスにとって、昴は現在の所、唯一自分の手に落ちてこない不思議な存在なのだ。

「メリットは、十分過ぎるほどあると思うよ。私の提示したものが不満なら、君が希望する条件を言ってくれないかな」

するとこれまではそういった問いかけを無視していた昴が、珍しく顔を上げて呆《あき》れたようにランスを見返す。どんな態度でも、反応を見せてくれたことが嬉しくてランスは口の端を上げた。

「怒ったりしない。君の意見を聞きたいだけだ」

「では言わせてもらいます。相手と恋愛関係になりたいと希望する場合、愛人という関係は、誠実じゃありません。恋人という言い方が正しいです」

「恋人、か」

「ランスさんは日本語が得意であるのは知っていますが、まだ細かな意味合いは理解していないと判断しました。ですからあえて、きつく言います。愛人を強制するのは、とても失礼な行為です。一般的に考えれば、人格を否定されたと取られても、仕方ない言葉なんですよ。ですから今後は止めて下さい」

淡々と説教する昴の表情に、なんら変化は見られない。

しかしこうもはっきりと、『愛人ではなく、恋人として希望される』のを望まれたことのないランスは面食らう。

「――ならば私は、君に愛を告白すればいいんだね」

「そういう事じゃありません。もう少し落ち着いて考えて下さい」

ランスなりに落ち着いて考えた答えだが、どうも昴は苛立っているようだ。

気に入った相手を不愉快にさせるのは、ランスの美学に反するのでとりあえずは口を噤《つぐ》むことにする。

――気難しいところも、魅力だね。……うん、やっぱり欲しいな。

理解したつもりでいたが、昴の内面は複雑だと考えを改める。ただこれで興味が薄れるどころか、昴への独占欲と興味は確実に増した。

「じゃあ、キャンセルのことを秘書の人に伝えてきますね」

一礼して部屋を出て行く昴を見送り、ランスは一人で呟く。

「彼を手に入れるには、まず知ることからだな。なるべく側に置こう」

決断後の行動は早い。

ランスは早速、八坂に連絡を取り昴をホテルへ滞在させるように命じた。

プライベート通訳となって五日後の事、叔父から憔悴しきった電話が入り昴はランスの滞在するホテルの一室で生活するように懇願された。

大学に用があれば、通学して構わないと言われているし、食事や洗濯も全てランスの支払いでホテルのサービスを利用することも許可されている。

着替えや辞書など、必要なものは買うと言われたが流石に悪いので数日おきに自宅へ取りに戻っていた。ただランスが会食や会議に出かける時だけは、彼の通訳として見劣りするような格好はできないので、仕立ててもらったスーツを着るようにしている。あくまで昴は借りているという意識でいるが、雇い主のランスは完全に『プレゼントを受け取ってもらえた』と思い込んでいるようで、時々会話がかみ合わなくなる。

基本的には至れり尽くせりで、一般的に考えれば最高のアルバイト環境だろう。

けれど昴にすれば、どうにも慣れないことがあった。

「……あの。作業中に、首や髪を触るのは止めてくれませんか。気が散ります」

「なら、仕事ではなく私の指に集中すればいい」

「それだと、仕事が終わりません」

日本語の分からないランスの部下用に、日常マナーの書籍を翻訳して欲しいと頼まれたのは構わない。

だが、いざパソコンの前に座ると、背後から常にランスが触れてくる。今日はホテル内での作業だけと聞かされていたから、持ってきた服の中でもかなりラフな格好をしてしまったのがいけなかった。

室内は暖房がきいているので、カットソーだけのラフな服装で仕事をしているのだけれど、無防備な首回りをランスが擽《くすぐ》るのだ。座る昴の背後に立ち、ずっとパソコンの画面を覗き込んでいる。

それだけでも落ち着かないのに、彼はいくら窘《たしな》めても悪戯《いたずら》を仕掛けてくるのだ。これでは仕事が進まないと何度も言っているのだが、ランスは止めてくれない。

——やたらスキンシップが多いのは、外国の人だからかな。

触れられることに慣れてはいないが、単純にどう返して良いのかが分からなくて困ってしまう。

愛人の勧誘もそうだが、やはり彼は日本語の意味や生活習慣を勘違いしているとしか思えなかった。

——仕事は面白いんだけど……話しやすいのと意思疎通ができないのは、別だな。

それでも仕事を投げ出して帰りたいと考えないのは、叔父の会社に迷惑がかかるからというだけではない。純粋に、ランスの仕事ぶりが見ていて飽きないからだ。

世界経済に影響を与える一族だと博次から教えられていたものの、基本的に世情に疎く興味もない昴はアクロイド家の偉業など一切調べていない。

ネットで検索をかければ色々とよからぬ噂も出るようだが、目の前に本人がいるのだから気になったら直接聞けばいいと考えている。

事実、ランスと共に行動しているだけで、彼を含めた一族が完全に常識外の世界に住んでいると昴でも分かる程だ。このホテルも、自分と部下用に二つのフロアを月単位で借り切っていると聞き、目眩《めまい》がした。

仕事を始めてみれば、更に常識を逸した彼の行動が嫌でも分かってしまい、昴としては夢の世界に入り込んでしまったようにしか思えず、全く現実味がない。

まず毎日のように大使館やら大企業の関係者から、パーティーや食事会の誘いが入る。そしてその殆どに、ランスは出ないどころか催促をしなければ返事も出さない。

忙しいのかと思えば、昴に日本の古典を訳させたり学生に人気のあるゲームやブランドについて知りたいなど、娯楽的な仕事ばかりを頼んでくる。

他にも明らかな思いつきで企業買収を決めたかと思えば、部下に命じて傘下の企業収益を調べさせ、業績が悪ければあっさり売り払う指示を出したりと、全く行動が読めない。

懲《こ》りずに首筋を擽ろうとする手を避けて、昴は彼の意識を別方向へ向けようとして適当に話題を振る。

「あの、そういえばこの間買った株は……」

「気になったのかい？　少しばかり、損をしたよ。たまにはゲームに負けないと、要《い》らない嫉妬を買う羽目になるから丁度よかった」

昴も同席した場で数億単位の取引をしたから、株の件は嫌でも覚えていた。自分が一生かけても稼げない金額を一瞬にして失ったはずだが、ランスは微苦笑を浮かべただけで平然としている。

「それで、大丈夫なんですか？」

思わず画面からランスに視線を移すと、関心が向いたことが余程嬉しかったのか彼が上機嫌で話し出す。

「前にも話しただろう。私は、『出来損ない』を望んで演じているんだ。無能であれば、余計な重責を負わずに済むからね。今回は特に上手くいってね、久しぶりに親戚から『無駄金を使うな』と、お叱《しか》りの電話が来たよ」

やっぱり、住む世界の違う人種だと、昴は内心ため息をつく。

「昨日君が着替えを取りに帰っている間に、新しく会社を立ち上げてね。子供向けの、玩具《おもちゃ》デザイン専門の会社なんだ。日本はそういった分野に詳しい人材が多いから、求人をかけたらすぐに人が集まったよ。オフィスを近くに買ったから、今度見学に行こう。新製品を来月には生産ラインに乗せたくて――」

新しい遊びを発明した子供のように、ランスが楽しげに話すのを昴は眉一つ動かさずに一通り聞くと、静かに自分の意見を口にした。

「そんな簡単に決断して、大丈夫なんですか？　損を出したばかりなのに……」

咎《とが》めるような口調になってしまったと気づいた昴は慌てて口を閉じるが、既に遅い。僅《わず》かに目を眇《すが》めるランスに、失言をしてしまったのだと昴は気づく。

――また無意識に空気読めないこと言った。

女性を誉められないのも、相手の自慢話の腰を折るのも、昴の得意技だ。

「すみません」

「いいんだよ、怒ったわけじゃない。むしろ正直な気持ちを言ってくれた君に嬉しくなったんだ。数億も損をしたなんて聞いたら、驚いて当然だよね」

謝る昴の肩を、ランスが安心させるように軽く叩《たた》く。

「……誰も、止めなかったんですか？」

ランスほどの立場になれば、経済に関する助言を行う顧問が付いていてもおかしくない。

「なにを言われようと、身勝手に振る舞うのも仕事のうちなんだ」

直属の腹心は、彼の指示がトータルでアクロイド家のプラスになるのだと知っているので、問題ないとランスが真顔で続ける。

「これでも私は、グループ内で血筋だけはいいから面倒も多い」

「面倒、ですか？」

「私のような立場の人間に媚びて、利益だけを得ようとする者が後を絶たないんだ。だから真面目に働いていると、次期総帥として担ぎ出されて都合の良いように使われてしまう。そんな事になったら、こうしてのんびりしている時間がなくなるだろう？」

飄々《ひょうひょう》としたランスならば上手く切り抜けられると、昴は思う。けれど現実は彼の言うとおり、簡単にはいかないのだろう。

「だから馬鹿をやって疎まれてる、今の立場が気楽で丁度良いんだ」

昴はランスの碧の瞳を、じっと見つめた。本意は分からないけれど、嘘をついているようにも思えない。

「それなら良かったです。余計な詮索をして、すみません」

「いいよ。君は冷静だから、こうして気楽に話ができて私は嬉しい。――けれど闇雲に、仕事をしているわけでもないよ。須和のような会社はよくない。損が出るだけじゃ済まなくなる」

一瞬、ランスの顔が経営者としてのものになる。

どうしてかと尋ねれば、彼は理由をもっと詳しく説明してくれるだろう。

けれど昴は満足する答えをもらっていたし、須和に関して興味もなかったから、再び書類へ視線を落とす。

なのにランスはまだ話したりないのか、わざわざ昴の右側に椅子を持ってきて座る。ここで昴がランスと向き合えば、今日は一日彼の話に付き合わされるだろう。

彼との会話を打ち切る意思表示として、体ごとパソコンに向き直ったのだけれど予想外の事を問われてしまい無視ができなくなる。

「そうだ昴。ビジネス英語の方は、どうだい？」

「あ……はい。経済関係の用語は、マスターしました。スラングが入ると、若干意味の取り違えが生じるので、それは秘書さんから借りた会議の記録CDを聞いてニュアンスを覚えてます。今は主に、フランス語での専門用語をメインに勉強しています」

ゼミでもそれなりに難解な用語を習得したが、分野ごとの専門は言い回しによって随分と違いが出る。特に金融は、新しい商品への移り変わりが早いので、覚えなければならない量は膨大だ。

悪戦苦闘しているのは事実だが、それすら新しい知識を得る喜びに繋《つな》がるので、昴としてはそう苦にはならない。

「部下達からも、飲み込みが早いと聞いているよ。これなら卒業後、即戦力として働けるんじゃないか？」

「……いえ……」

自身の能力を認めてもらえたのは嬉しいけれど、進路の話になると途端に昴は口ごもった。

「院に通いながら、八坂のところで通訳をやると思っていたが、違うのか？」

「いいえ……大学院には残りますけど。通訳の仕事はしません。今まで通り、翻訳だけでも食べていけますし」

「どうしてそれだけ能力があるのに、外へ出ようとしないんだ？　学者にでもなりたいのか？」

「そういうわけでもなくて」

無意識に昴は手にした書類を閉じ、視線を逸《そ》らす。

――就職したって、僕は他人と関われない。

ランスとは自然に会話ができるが、これは昴にとって奇跡みたいなものだ。比較的和やかに話ができる教授達とも、一対一では食事にすら行ったこともない。

自分がいかにコミュニケーションが下手か説明しても、ランスからすれば孤立している昴を見たことがないので理解しづらいだろう。

どうしようかと悩んでいると、横からランスの手が伸びて頬に触れてくる。今度は軽く触れるだけでなく、左腕が昴の肩を抱くように回され大きな掌《てのひら》が頬を包み込む。

「あの、用もないのに触らないでもらえますか」

「何故だい」

「くすぐったいんです」

真顔で抗議しても、ランスの手は離れない。それどころか、昴を強引に自分の側へと引き寄せる。それでも頑《かたく》なにランスを見ないようにしていたのだけれど、彼も手を離そうとしない。

「用はあるよ。私がベッドに誘っているとは、考えないのかな」

「昼寝ですか？　僕は眠くないので、遠慮します」

『ねえ、昴。少しでいいから私の方を見てくれないか？』

どういう意図なのか、珍しくランスが母国語で話しかける。綺麗な発音に誘われ、昴はうっかり肩越しにランスを振り返った。

吐息のかかる距離まで近づいてたランスの顔に、内心狼狽《うろた》える。見慣れたと思っていたが、整いすぎた顔をなんの心構えもなく至近距離で見てしまい鼓動が早くなっていく。

——顔っ……近い。

碧い瞳に映り込んでいる、自分の姿さえ確認できるほどだ。

「昴……私は君を、益々知りたくなった」

まるで恋人でも呼ぶような甘い囁《ささや》きに、昴の背がぞくりと震えた。

「あ、の……離れて」

頼まれた仕事も終わっていないと続けようとした唇は、不意に遮られた。原因は重ねられたランスの唇だ。

優しく啄《ついば》むみたいに、昴の唇をやんわりと奪う。初めてのキスが男だとか、叔父の会社の明暗がかかった取引相手だとか。そんな常識的な事など、頭の中からかき消える。

「昴の唇は、柔らかいね」

「…ゃ……」

口づけながらランスが囁くので、彼の吐息が薄く開いた唇から口内に入り込むけれど、どうしてか不快に感じない。

時折、キングス・イングリッシュの発音で伝えられる愛の言葉に、昴の背筋がぞくりと震える。

――キス、されてる……どうして……？

考えたところで、答えなんてでるわけがない。

昴は余りに想定外すぎる行動にパニックを起こし、そのまま意識を失った。


――あ、僕……寝てた？

霞《かすみ》がかったような意識がゆっくりと覚醒し、昴は自分がパジャマ姿でベッドに寝かされていると気づく。まだぼんやりとした意識で、置かれた状況をゆっくりと考える。

――……えっと、僕……ランスさんに……っ。

初めてのキスを奪われたと思い出した昴は、口元を押さえて起き上がった。

頬にキスをするのは外国での習慣の一つだが、唇は明らかに違うはずだ。どうしてあんな事をランスがしたのか、訳が分からず混乱する昴はふと隣にある温《ぬく》もりに気づいて更なる混乱に陥った。

「ランス、さんっ？」

どういう訳かランスが隣で、それも裸のまま寝息を立てている。

「ちょっと、あの！」

「……ああ、やっと起きたのか昴。君が寝てしまったから、私もついでに休んでいたんだ」

寝起きのせいか声が普段よりも低く、何故か呼ばれた昴は気恥ずかしくなる。

——声、バリトンで綺麗。じゃなくてっ。

「寝てません！　驚いて倒れたんですよ。あの、これは一体」

真っ青になって慌てる昴に、ランスが微苦笑を浮かべる。

「私は合意の上でなければ抱かないよ。そんなに怯《おび》えなくて大丈夫だから……」

「そうじゃありません！　同性でも裸で一緒にベッドなんて恥ずかしいでしょう！　それにお腹《なか》が冷えます」

普段冷静な分、声を荒らげて慌てる昴に興味津々と言った様子でランスが上半身を起こした。当然下半身も裸だが、毛布で隠れているのが幸いだ。

「そんなに恥ずかしがる事はないだろう？　君だっていい年齢だ。女性とベッドを共にした、経験はあるんじゃないのか？」

「あ、ありません。小さい頃に、博次と何度か一緒の布団で寝たくらいです」

「博次？」

「前にもお話しした僕の従兄で、両親が亡くなってから育ててくれた八坂家の跡取りです……僕はこんなふうだから、友達もできなくて。泊まり合ったりしたことなんてありません」

次第に語尾が小さくなり、昴は俯《うつむ》く。

この数日は、ランスや彼の部下だけと会話をしていたので、自身の抱える問題を忘れかけていた。

「つまり君には、異性と寝たことも――同年代の友人とキャンプで雑魚寝《ざこね》なんていうものも、経験したことがないのか？」

嘘をついても仕方がないので、昴は肯定する。

「僕に友人と呼べる相手は、博次くらいしかいません。恋人も……告白されても、みんなすぐに『予想と違った』って言って数日で別れるんです」

昴は父親ゆずりの黒髪黒目だけれど、隔世遺伝的に祖母の血が彫りの深さに出ていた。なので幼い頃から目を引く顔立ちをしていたのだが、そのせいで女子同士が牽制《けんせい》し合い、昴には理由の分からない喧嘩に巻き込まれたことも多々あった。

子供の頃はそれが原因でからかわれたりもしたが、一々気に留めない性格の昴は何の反応も返さなかったのである。虐めに発展する紙一重の状態だったものの、良くも悪くも昴の容姿は好意的に見られていたので、どちらかと言えば一方的に『近づきがたい存在』とされてしまった。

結果として、昴のコミュニケーション能力は中学以降更に低下してしまう。

年上の博次は、『同年代の女子からは憧れられ、男子からは嫉妬心を向けられるのは仕方がない。大人になって広い世界へ出れば、理解者も増える』と言ってくれたけれど、これまでそんな理解者など現れていない。

唯一、こうして偏見なく接してくれた完全な第三者は、ランスくらいなのだ。

「それは相手が酷《ひど》いな。一方的に理想を押し付けていただけじゃないか」

慰めの言葉にも、昴は首を横に振る。

「僕が悪いんです。空気読めなかったり、余計な一言が多いって言われますから。でも直し方も分からなくて」

他人にも自分にも興味を持てない性格を変えたいと思ってはいるが、昴にはその方法が分からない。だから正直に伝えると、ランスが優しい笑みを浮かべた。

「じゃあ私が君に、コミュニケーションの手ほどきをしよう。プライベートにも付き合わせているのだから、そのお礼だ」

「そんな、お客様であるランスさんにそんな事お願いできません」

「私がやりたいだけだ。君が嫌というなら遠慮するが。悪い話ではないと思うよ。八坂に通訳として就職するなら、スキンシップの多い外国人とも交流が多くなる。この程度で一々驚いていたら、仕事になんてならないよ」

彼の言うことも、一理あるような気がする。流石にキスは行きすぎのような気もしたけれど、正直昴は自分のコミュニケーション能力が低いのは分かっているので、話を聞くほど彼の言い分が正しいように思えてくる。

——信じても、いいかな。

どうしようかと、昴は悩む。

確かにランスは、初めから昴と普通に会話をしてくれた。相手から本心を聞き出す話術や、雰囲気も各国を渡り歩いて商談をしている彼だからこそ、身についた技だろう。

「仕事だけじゃない。これから女性をエスコートする機会もあるだろう。そんな時、慌てず対応できた方が、君のためにもなると思うよ。けれどどうしても嫌なら、正直に言ってくれていいんだよ」

逃げ道を残してくれるランスの物言いに、昴は彼の優しさを感じた。そしてそこまで強く拒絶するつもりがないと昴は自分の気持ちに気づく。

コミュニケーションの上手なランスの指導を受ければ、恋愛は無理でも苦手に思っていた女子と普通の友人関係なら築けるかもしれない。

――それと女の子に対して自然に対応できるようになれば、同性からも反感を買わずに済むから友達もできるかも。

前向きに考える事にして、昴はベッドの上に正座をするとランスに頭を下げる。

「あの、お願いします。手ほどきなんて大げさでなくていいです。最低限、女の子に対するマナーを教えてもらえれば、完璧なエスコートまでできなくても女性を不愉快にさせずに楽しく話ができれば僕は十分です」

「随分、欲がないね。その方が、私も好都合だが……」

「こうつごう?」

小首を傾げる昴に、ランスは何でもないと言うように首を横に振る。

「独り言だ。気にしないでいいよ……では早速、最初のステップに入ろう。キスする度に気絶していたら、パーティーにも出られない」

どうしてキスとパーティーが繋がるのか問おうとする前に、ランスが昴の背に腕を回して抱き寄せる。そのまま体を倒され、昴はランスの上に乗せられた形で横たわった。

「瞼《まぶた》を閉じて」

なんとなく言われるままにすると、後頭部を支えられてゆっくりと唇が重ねられた。ほんの数秒、触れ合っただけで、ランスは口づけを解いてくれる。

「ほら、できたじゃないか」

「……やっぱり、恥ずかしいです」

「こればかりは、慣れだからね。でも筋は良いんじゃないかな」

誉められて、悪い気はしない。しかしどうしていきなりキスなのかという疑問が残る。それを見透かしたように、ランスが続けた。

「君はコミュニケーションは言葉だけだと思っているようだけれど、こうして触れることでも距離を取り去ることができる。私が思ったのは、君は考えすぎる傾向がある。まずは体感して、空気を読むだのなんだのという遣り取りの固定観念を消すことからはじめよう」

——そういうものなのかな？

反論する理由も見当たらないので、昴はこくりと頷く。

「分かりました」

上手く言いくるめられた気もしないでもないが、ランスの言うことにも一理ある気がする。その後、数回キスの練習をした昴は、『指導』の名目で、朝夕二回のキスを約束させられてしまった。

——これも、社会勉強……なのかな？　ドレスを着て、女の人の気持ちになって行動する勉強？

ランスが言うには『外国人投資家が主催する、ちょっとしたお遊びのパーティー』に連れ出された昴は、言われるままに濃いピンクのドレスを着せられた。鎖骨の下までと両腕を露出する、女性的なラインを強調したデザインだ。おまけにスカートの部分も一見すると幾重にも布が重なっているが、実は歩く度に太股《ふともも》まで入ったスリットが大胆に広がるデザインになっている。

こみ上げる恥ずかしさと緊張感を堪《こら》えようとして、昴は無意識にドレスの裾《すそ》をぎゅっと摑む。

すると同色のシフォン素材で作られた花がくしゅりと音を立てて潰れそうになり、昴は慌てて手を離す。

その指先も、ホテルのエステで整えられ、薄いラメ入りのマニキュアで彩られている。

乗せられたリムジンにはシャンパンのストックされた机もあったが、とても飲む余裕などない。

隣で優雅にグラスを口に運ぶランスは、黒の紋付き袴《はかま》姿だ。それなりに前から準備をしていたようで、ご丁寧に家紋の部分には彼の家の紋章が細かな刺繍で施されている。

着物の知識など皆無に近い昴だが、深い黒の着物とそれに合わせた羽織、そして灰色の袴はぱっと見ただけで高級品だと分かった。

——今更、博次に聞けないし。もし相談しても、胃炎で倒れそう。

今日も『パーティーの付き添いで仕事』だとメールをしたら、我が事のように喜んでくれた。

昴が他人とコミュニケーションが取れないことを、博次も知っている。なので、仕事とはいえ私的なパーティーにも躊躇《ためら》わず行くと決断したことを、自立への一歩と考えてくれているのだ。

「脚が辛《つら》いだろう。会場に着くまでは、脱いでて構わないよ」

立つとつま先立ちに近い格好になるヒールは、座っている状態でもかなり辛い。居心地悪そうにしていた昴に気づいて、ランスが身をかがめて靴を脱がせてくれる。

脚を上げると、レースで作られた花に隠れていたスリットがめくれ股《もも》の辺りから膝下《ひざした》にかけて肌が露わになる。そんなあられもない格好をさせられたことより、昴は別の事が気になり声を上げた。

「ランスさんの着物が汚れます！」

「君が脚を痛めてしまう方が心配だ。パーティーでも、できるだけ椅子に座っていられるように、手配するよ」

気遣いの方向性が違うと思うけれど、上機嫌のランスを前にすると水を差すような文句などとても言えない。

「ともかく、ランスさん。僕はパーティーのマナーなんて、知りません。ドレスだって、歩き方とかあるんじゃないですか？」

仮装パーティーというあくまでお遊びの前提があるにしろ、下手な行動は取れない。

「安心していいよ。私も袴を着ているときの作法など知らないんだから」

いくら遊びでも、最低限のマナーくらいはあるはずだ。

通訳という建前はあるけれど、ランスにエスコートされる立場にある昂が失態を犯せば、それは彼の評価にも繋がるだろう。なのにランスは、女装した昂の姿を誉めるばかりでまともに問いかけにすら答えてくれない。

「出る前に話したとおり、お遊びパーティーだよ。参加者は全員、仮装で来ることが規則だから、そう気を張る必要はない。しかしこの袴は、時代劇の殿様の気分になれるね。昂には十二単《ひとえ》を着てもらった方がよかったかな」

「嫌です。あれ、二十キロ近いんですよ」

「動けないのは困るな」

下らない会話をしているうちに、リムジンはスピードを落とす。ふと窓の外を見れば、貴族の別荘のような建物へと向かっていると分かった。

――……ここ都内、だよね？

大きな鉄の門をくぐると、道の両脇に森が広がっていて昴は首を傾げる。

「こういった場所は、初めてのようだね。手軽にパーティーを開くときに使う、プライベートレストランだよ」

初めて聞く単語だが、なんとなく理解はできる。八坂家でさえ、特別な集まりを開く際にはホテルの広間を使用する。しかしこれは、二階建ての洋館を貸し切ったもので規模がまるで違う。

「今日招待されているのは、気心の知れた者だけだ。数十人程度で、煩《うるさ》いＳＰ達も立ち入らせない約束になっているから来たんだよ」

それならと、昴も納得する。

「それと通訳として実績がない君は、顔を知られていないから盗み聞きをするにはぴったりだ」

「盗み聞き？」

「もし須和の件で噂話をしている者がいたら、探ってみてくれないか？　無理にとは言わないよ。できる範囲で構わないからね」

須和の会社とは取引を一端凍結した筈だが、どうやらしつくこく食い下がってきているらしい。あれから業績を改めて探ったものの、明確な不正は見当たらなかったので投資部門の中には資金提供に前向きな者もいると聞く。

だがランスは『昴を不愉快な目に遭《あ》わせた相手と、取引するつもりはないよ』と言い放ち、投資部門の一部と微妙な軋轢が生まれてしまい今に至るのだ。

——遊びだけじゃなくて、ちゃんと意味のある仮装なんだ。やっぱりランスさんはすごいな。

リムジンが停止し、昴は慣れないピンヒールを履かせてもらうとランスにエスコートされて車から降りた。

貴族の別荘かと見間違うような洋館を、ぽかんと見上げてしまう。

「気に入ったかな？　今度は貸し切りにして、二人で来ようか」

「どうでもいいです。ただ、二度とヒールを履くようなパーティーは止めて下さい」

ドレスも靴も昴のサイズに合わせた物と聞いていたが、慣れない格好のせいでまともに歩けない。

一方のランスも着慣れない筈の袴と雪駄《せった》だというのに、やけに堂々としていて違和感を感じさせない。

「狡《ずる》いです」

「昴？」

「気品があるだけで、何を着ても似合うのは狡い」

少しばかり八つ当たりを自覚しながら言ったのだけれど、なぜかランスは機嫌良く答えた。

「昴に誉めてもらえると、嬉しいね」

――誉めてない。

ランスの右腕にしがみつくような格好で、昴はふらふらと階段を上がりどうにか広間へとたどり着いた。

すると広間の奥から、燕尾服《えんびふく》姿の青年が駆け寄ってくる。その中性的で美しい容姿は、同性の昴でも目を奪われるほどだ。ランスより細く小柄だけれど、醸し出す妖艶《ようえん》な雰囲気に気圧される。

長いプラチナブロンドを左側の胸に垂らした青年は、優雅な笑みをランスへと向けた。

「まあ綺麗ね。新しい通訳ってこの子？　うちのモデル達と張り合えるわ」

流石にランスほど完璧ではないが、青年が日本語で話しかけてくる。

「馬鹿を言え、昴の方が何倍も美しいだろう」

「ええ、あなたには勿体ないわね。私にちょうだい。こういう初心《うぶ》な子は、華やかな女の世界にいさせた方が輝きを増すのよ。私が一から、教えてあげるのも楽しそう」

「止めてくれ。昴は私のものだ」

二人の会話を聞いて、昴は青年が女性だと気づく。

――あ、そういえば仮装パーティーだって言ってたっけ。

冗談にしてはいきすぎている会話を聞き流していると、燕尾服の女性とは別の意味で目立つ男が近づいてきた。

「ランス！　元気そうだな」

がに股で歩いてくる男が声を上げると、周囲の人が左右に分かれる。何故か昴と同じデザインのドレスを着ているが、肩幅が広く背も高いのでお世辞にも美しいとは言えない。

胸元を強調するデザインが、大胸筋を強調する手助けにしかなっておらず、別の意味で周囲の視線を釘付けにしていた。

なのに癖のある赤茶色の髪にはご丁寧に可愛らしいティアラを乗せ、化粧までしている。

「なに、あれ」

思わず呟くと、ランスが吹き出す。

「紹介がまだだったな。昴と同じデザインの濃いピンクのドレスを着た男はダニエル・アーロン。こちらの偽紳士はジョゼット・アモロス。二人とも私の遊び友達だよ」

「やめてよ。私はダニエルと違って、働いているんだから。可愛い昴君が、私を遊び人なんて勘違いしたら悲しいわ」

ぷうと頬を膨らませて、ジョゼットが右側から抱きついてくる。以前誘われたコンパで似たような目にあったことがあるのでさして驚きはない。

ただ、この後彼女が不快になると予想して、昴はさりげなく視線を逸らす。

――ええと、女の子を誉めるときはとりあえず服のセンス……だっけ？　でも、仮装してるし。

こういうときの対処法を博次から教えられていたが、いざとなると言葉が出てこない。大抵は無言になった昴に、アプローチをかけた女子が不機嫌になり離れてしまう。だが今は、ランスの通訳という立場もあるので、何かしら会話をしなくては彼の顔に泥を塗ることになる。

焦る昴だが、ジョゼットは気にするふうもなくダニエルと昴を見比べてため息をつく。

「昴君はこんなに可愛く着こなしてくれているのに、ダニエルってば最悪。何言われても、サイズ違いなんて作らなきゃ良かった」

「え……これ、ジョゼットさんが作ったんですか？」

「そうよ。作ったのはお針子さんだけど、デザインは私。ランスからあなたの写真とサイズ表が送られてきてね。昴君がすっごくわたし好みだったからすぐにデザインしたの」

肩から胸にかけてのラインを強調するドレスは、彼女のデザインと知り昴は無意識に肩を落とす。

おまけにダニエルが歩く姿を見て、自分が想像している以上に、スリットがきわどい部分まで入ってる事に気付いてしまった。

勝手にランスが買ってきたと思っていたが、製作に協力した共犯者がいたことに呆れてし

まったのだ。

「そうよねー、普通の男の子だったらドレスなんて着せられたら嫌だもんね」

「あ、すみません」

謝る昴に、ジョゼットはけらけらと笑っている。

「いいのよ。怒って当然なんだから。あの人の方が異常よ」

そう言って指さしたのは、ウエイターから受け取ったシャンパンを飲み干したダニエルだ。些細《ささい》な動作の度に、逞《たくま》しい筋肉が盛り上がる。露出の部分が多いデザインなので、通りかかった客の殆どは彼へ驚愕《きょうがく》の眼差しを向けていた。

「これはまた、写真で見るよりずっと可愛いじゃないか。ええとスバル？　ランスの趣味に付き合わされるのも大変だろ」

ヒールを履いているせいか、ダニエルはランスよりも背が高く見える。上から覆い被《かぶ》さる様に顔を覗き込まれ、思わず昴はランスの背に隠れてしまう。

「気味の悪い姿で近づくな。昴が怯えているだろう」

「私のアトリエに来て、同じデザインがいいって大騒ぎしたのよこの人。合う靴もないから、特注品なの。ヒールの底を鉄で補強してあるのよ。じゃあ、隣の部屋に行きましょう。向こうなら椅子もあるから、昴君も楽にできるでしょう」

失礼な態度をとったのに、ジョゼットは気遣いさえしてくれる。こんなふうに話をしてくれた女性は初めてだったから、昴はきょとんとしてランスを見上げた。

「君は私と話をする時のように振る舞えば良い。ここには、下らない世辞を強要する無粋な人間はいないよ」

まるで昴の心を読んだみたいに、ランスが微笑む。

隣室は立食式のパーティー会場で、客達は広く取られた個別のソファに座り歓談していた。特に形式はないらしく、ランスの言うとおり気さくな友人だけを招待した食事会のような物だと昴も理解する。

椅子とソファはシンプルな茶色の革張りだが、置かれている丸テーブルは寄せ木細工で様々な季節の花を描いてある手の込んだものだ。和洋の程よく混ざり合った空間は、シンプルだけれど各所の柱や壁に細工が施され、お客が飽きない工夫が為《な》されていた。

「――借りるのに、幾らするんだろう」

うっかり口にしてしまったけれど、咎められるどころかジョゼットがうんうんと真顔で頷く。

「分かるわよ。その気持ち！　私の給料半年分で済むかしら？　あの二人なら、預金の一日分の利子ってとこね」

「住む世界が違いますね」

「でしょ。だから折角お呼ばれしたんだし、思い切り愉しんだ方が得よ」

幸いランスとダニエルには聞こえていなかったらしく、昴はジョゼットと顔を見合わせて笑ってしまう。

「しかし本当に揃いのドレスで来るとは思わなかったよ。お陰で昴がダニエルの友人なのか、私の新しい愛人なのか、立場が分からない。助かった」

ウエイターに飲み物を頼み、空《あ》いている席に座るとランスがダニエルに礼を言う。

「ダニエル、そこまで考えていたの？」

「まさか。この俺がそこまで頭が回ると思う？」

しかし本人には、全くそんな意図はなかったようだ。楽しそうだからやっただけだと笑うダニエルに、昴もつられて笑ってしまう。

——面白い人たち。

ふと疑問が頭に浮かび、昴は話の流れを遮って口を開く。

「お二人とも、日本語が上手ですね」

そしてまた、自己嫌悪。

興味がわくと、会話に割り込んでしまう悪い癖が出た。なのにジョゼットもダニエルも、柔らかく微笑んで疑問に答えてくれる。

「そりゃあ、口説くときは相手の言葉で話すのが効率的だからな。相手によっては、辿々《たどたど》しく言うのもありだけど、基本的な礼儀として主要な言葉は習得してるんだぜ」

「私は元々日本に興味があったし。お得意様に日本人が多いから、自然に覚えちゃったって感じかしら」

話の腰を折られたとは、彼らは微塵も思っていないようだ。各自のペースでグラスを傾けつつ、穏やかに会話が続く。

「さっきの話だけど——ランスは馬鹿の振りしてるけど、俺は本気で馬鹿だって皆は知ってるだろ。誰の連れとか、そんな小細工考える頭はねえよ」

「そうよね……でもねランス。言っておくけど、こんな可愛い子を悪い事に使うのは、私が許さないから」

いつの間にか寄り添うように座っていたジョゼットが、ワイングラスを片手にランスを睨《にら》む。

「相変わらず、勘が良いな」

「どうせ、須和の件でしょう？　あの男の情報なら、いくらでも話すわよ」

言うとジョゼットはランスが問いかける前に、一方的に話し出した。

どうやらジョゼットは、ランスが投資の資金提供を持ちかけられる少し前に、須和から接触を受けたらしい。

目的はジョゼットの立ち上げた服飾ブランドへの投資だったが、会議と称した食事会の席でセクハラ紛いの会話をされたらしい。

「紹介してくれた人が知り合いだったから、顔を立てないといけないし。そうでなかったら、殴ってたわ！」

相当怒っているのか、ジョゼットの語気が荒くなる。

どうも須和は、相手が女性だと高圧的な態度になり、場合によっては関係を迫られた者もいるのだとジョゼットが続ける。

「確かに、あの男はやり手よ。けれどその場しのぎのお金は入るけれど、悪評が立つのも確実」

確かに会議中の須和の態度は神経質そうで、嫌な感じがした。

なにより卑怯な手で、契約を成立させようとした件で十分過ぎるほど不信感が残ってしまった。

「昴君、あなたも会議に出たんでしょう。どう思った？」

「嫌いです」

きっぱり言い切ると、はす向かいに座るダニエルが苦笑するのが見えた。

――もっと別の言い方があるのに……。これじゃ僕を連れてきた、ランスさんにまで迷惑がかかる。

後悔しても遅い。

数人で集まると、ほとんどの場合昴の一言で場の空気が凍る。珍しく普通に会話ができたと思っていた矢先のことに、昴はいたたまれなくなる。

けれど、いきなりジョゼットが豪快に笑い出し、逆に昴の方が呆気にとられた。

「昴君あなた最高よ！　私も須和は大っ嫌い！　気にせず、殴ってやればよかった」

「ジョゼットさんて、豪快ですね」

「男みたいって、思ってる？」

「はい。とても素敵です」

女性に対する誉め言葉ではないが、ジョゼットはそれすらも気に入ったようで昴に抱きつきほおずりまでしてきた。するとランスが、不機嫌を隠しもせずに昴を膝の上に抱き上げて、ジョゼットから引き離す。

「正直で良い子ね。ランス、こんな子滅多にいないから、優しく扱いなさいよ」

「言われなくても、そうしてるよ」

「スバル完全にオモチャ扱いだけど、いいのか？」

ランスの着ている袴が皺にならないか、そればかり気になっていた昴は不憫《ふびん》そうに見つめてくるダニエルに気づいて困惑する。

「……そうなんですか？」

「意識してないなら、別にいいか。これお近づきの印、スバルの方が似合うからやるよ」

頭に引っかけるように付けていたティアラを、ダニエルが無造作に外して昴の頭に乗せた。

ノリはコンパのようだけれど、疎外感は全く感じない。

「ありがとうございます」

「その格好でポーカーフェイスってのも、クールでいいね」

何がいいのか昴にはさっぱり分からないけれど、少なくともダニエルとジョゼットには気に入ってもらえたらしい。

膝に横抱きにされたままランスを窺《うかが》うと、彼も満足げに微笑んでいる。

――よかった。

なにより雇い主の彼に恥をかかせなかったのだから、女装くらいどうってことはない。暫くそのままで歓談していると、彼らの知り合いらしい人々が代わる代わるテーブルを訪れて、他愛のない話をしていく。

何度か膝から降りようと試みたけれど、ランスの腕に阻まれて叶《かな》わない。諦《あきら》めた昴は、通りすがる客達の会話に耳を傾けることにした。

時々、経済や政治の話も混じるが、そんな時はそれぞれの国の言葉で話が進められる。あえてランス達にも分からない言葉を使い、簡単な打ち合わせをしてから話しかけてくる者もいる。

――ランスさんの言ったとおり、単なる社交だけじゃなくて相手の情報を引き出す場なんだ。

全員昴が単なる日本人の愛人だと勘違いをしているらしく、向けられるのは笑顔だけだ。まさか交わされる全ての言語を理解しているとは、微塵も思っていない。

そうでなれば、最先端医療薬の取引や武器を運ぶ経路などいくら酒が入っていても軽く口にはしないだろう。込み入った話こそしないが、どこの誰が新しい分野に参入するのか、皆が探りを入れているのだと昴も理解する。

「聞いた話は、覚えているかい？」

「はい。ホテルに戻ったら、メモに起こします」

政治経済に興味はないので何が重要な話題か分からない昴は、全ての会話を可能な限り暗記したと小声でランスに告げる。

「すみません。要点だけ押さえられればよかったんですけど」

「いや、君の才能は素晴らしいね。最高だよ、昴」

酔っているのか、人目も気にせずランスが頬に口づけてくる。

「ずるいー、私も昴にキスしたい！」

「駄目だ！」

どこまで本気なのか分からない会話をしている間に、パーティーの主催が終わりを告げる。

会場のレストランを後にした昴は、リムジンの後部座席にぐったりと体を沈めた。気が緩んだのか、全身がだるく感じられる。

「ジョゼットさん……気を悪くしてなければいいんですけど。ダニエルさんも、僕なんかにティアラを渡しちゃって大丈夫なのかな。後でお返しした方がいいですよね」

「彼女は賛美もお世辞も聞き飽きてる。昴の反応が新鮮で愉しんでいたよ。ダニエルの行動は、気にするだけ無駄だよ」

ふと声に違和感を感じて、昴はランスに向き直る。すると眉を顰《ひそ》めた彼と視線が合い、ランスが慌てて笑顔を作った。

「やっぱり僕、失礼な事をしてたんですね。言って下さい」

「そうじゃないよ。私が大人げないだけだ」

首を横に振り、ランスが肩をすくめた。

「君を見せびらかすつもりで連れて行ったけれど、実際そうなってみると気分は良くなかった。こういった感情は、厄介なものだね」

どこか他人《ひと》ごとみたいに言うランスに、彼が照れているのだと分かる。

「初めは恥ずかしかったですけど、ランスさんに誉めてもらったり、見せびらかせる程度の姿になっていたなら……嬉しい……です」

「昴……」

「僕も……ランスさんとジョゼットさんが楽しそうにしているのを見て、胸が苦しくなりました」

昴自身も、漠然とした不安を感じたと正直に話す。どうしてそんな思いを抱《いだ》いたのか、自分でも理由が分からなくて少し混乱する。

「ちゃんと理由、言えなくてごめんなさい」

「かまわないさ。ゆっくりでいいから、君の中の答えを見つければいい。どうしても分からなかったら、そうだね。一緒に考えよう」

ランスの声は優しく、まるで包み込まれるような錯覚を覚える。いつしか昴はランスの肩にもたれて、眠ってしまった。


仕事の経過報告、という名目で博次と会ったのはパーティーから三日ほど過ぎた月曜日だった。

八坂派遣のオフィスは都内のビルに入っているが、さほど広くはない。というか、明らかに手狭だ。

「そろそろ引っ越しかなって思って準備してたら、選挙だろ。俺は直接関係ないけど、社長の親父が向こうにかかり切りになって、こっちはてんやわんやだ」

「それが仕事。愚痴は言わない」

「もっと労《ねぎら》ってくれよ」

泣き言を言いながら、博次が頭を抱える。綺麗な金髪は見事に乱れていて、暫く服も替えていないのかスーツには皺も寄っていた。

「博次ならできる」

「せめて昴が手伝ってくれてたらなあ……でも、顔見たら安心したよ」

机に突っ伏していた博次が顔を上げて、笑いながら頷く。一体何が安心なのか分からず、昴は無表情のまま小首を傾げた。

「プライベートパーティーに行ったんだってな。昴は対人関係のストレスがすぐ顔に出るけど、今はいい顔してるからさ。何かあったのか?」

「……友達?　が、できたと思う。少なくとも、ダニエルさんとジョゼットさんは僕を友達だって言った」

「良かったじゃないか。もっと話してくれないか?」

こくりと頷き、昴はパーティーは仮装が必須で女装させられたことを伏せて、あの日の出来事をぽつぽつと話す。

「ソーシャルネット。何も登録してないって言っても……信じてくれた」

大学では、昴以外の全員が何かしらのSNSに登録している。講義の連絡に必要と言われたが、掲示板や携帯電話のメール機能でも問題はなかったので、結局昴はどれにも参加していない。

それを『登録しているのに、わざと教えない』のだと噂が広められ、気がつけばコンパや人付き合いの嫌いな変人としてレッテルが貼られていた。

パーティーの帰り、ダニエルからソーシャルネットのアドレスを交換しようと言われたが正直に『持ってない』と答えるとちゃんと信じてくれたのだ。

「どうして登録しないのか、とか。聞いたりもしない」

世間で当たり前と認識されていることをしていないだけで、昴は異端視される。けれどダニエルはただ一言、

『ランスの所にいるんだよな？　あいつに連絡入れるから、今度皆で遊びにいこうぜ』

とだけ言って、別れ際に笑顔で手を振ったのだ。

いくらダニエルが気さくな性格でも、さして情報もない初対面の相手に好感を持つことは難しいだろう。いくらランスという後ろ盾があっても、個人的に付き合いを求めるというのは相当だ。

恐らく、お互い『女装』という非日常を見たせいもあり、昴もどこか開き直りがあったと自己分析する。

そんな非日常の共有感覚を差し引いても、彼らと知り合えて良かったと昴は思っていた。

「アクロイドさんに昴が指名されたときは、本気で焦ったけど結果として大成功だな」

「叔父さんの会社、大丈夫？　ランスさんから、苦情来てない？」

「あ？　そっちは全然平気。むしろ秘書の人、昴が有能だから喜んでた。ていうか、俺は昴が明るくなった方が重要。親父だって、おなじ事言うと思うぞ」

「なら、よかった」

ほっと息を吐く昴に、博次もにやりと笑った。

「しかしアクロイドさんの周りには、気さくな人が多いんだな。人間余裕があると、一つの考え方に捕らわれないで、ちゃんと個人として相手を見てくれるって事か。俺も経営者として、見習わないとな」

「……それは止めた方がいい」

「どうして？」

「駄目」

昴は俯《うつむ》き、首を横に振る。こうなった昴をいくら宥《なだ》め賺《すか》しても理由を話さないと博次は知っているので、それ以上問い詰めるような真似はしなかった。

——ランスさんはあれでいいんだろうけど。普通の人があんなおかしな事をやったら、駄目だ。

ともかく博次はランスに対して、大分警戒を解いてくれたようだ。

単純に取引先としてでなく、友好的な関係を結べれば博次が継いだ後も、アクロイド家と契約をしたという実績が残り評価も上がる。

――少しずつだけど、恩返しをしていかないと。

まだランスの元でしか働いたことのない昴は、自分の立ち位置がどういう意味を持つのか理解しきれていないのが実情だ。けれどランスの秘書達が昴の働きを見て、次の仕事も八坂に頼むと話をしているのを小耳に挟んでいる。

「昴に手出されたらどうしようかと思ってたけど、仕事面では誠実なんだな。これからも、頑張ってくれよ」

「うん」

――やっぱり。女装の話は言わなくて正解だった。

それにいくら勉強とはいえ、毎日ランスと口づけを交わしていると知ったら、それこそ倒れてしまう筈だ。

複雑な気持ちを抱えたまま、昴は仕事の報告を済ませるとオフィスを後にした。

ホテルに戻った昴《すばる》は、すぐにランスの仕事部屋に入った。着ていたダッフルコートを脱ぎ、クローゼットに手早くしまう。

急ぎの用はないと言われていたけれど、雇われているのだから何もしないでいるのも申し訳ない。

「先日頂いた資料は訳しました。他に雑用があれば、指示を下さい」

「君の能力を、雑用なんかに使うのは勿体《もったい》ないよ」

手招きされて、昴はランスの使っている仕事用の机の側《そば》へ行く。

置いてあるノートパソコンの画面には、テレビなどでよく見る株価の数値らしきものが並んでいるが、なにがなにやらさっぱりだ。

「君が書き起こしたイタリア語の雑談で気になる話が出ていたから、ちょっと気をつけていたんだよ。お陰で損をせずにすんだ」

専門用語で説明されるけれど、やっぱり昴にはなにが起こったのかよく分からない。それに噂《うわさ》話から、遠い国の会社が倒産する可能性を読んだランスの方が何倍もすごいと思う。

「語学が堪能で、聞いたことは正確に覚えている。それも数時間の雑談全てだ。君はとても優秀なんだよ」

「そうですか」

誉《ほ》められても、昴にしてみれば普段とおなじ事をしていただけなので特別だとは思わない。

皆は講義の内容などノートを取らなくては忘れるらしいが、昴は数時間程度の講義なら、ほぼ間違わず覚えていられる。

そんな特性を、同年代の知り合いは便利だと言ったり、時にはあからさまに気味が悪いと面と向かって言われたこともあった。

「通訳以外にも、君には適正があるよ。こんなに素晴らしい能力を持っていながら、目標もないのに院に籠《こ》もるなんて……君はもっと広い世界に出るべきだ」

「無理です。そんな誉められる事はしてません。役に立ったなら、嬉しいけど……それだけです。楽しい話もできないし、僕は誉めてもらえるような人間じゃないんです」

俯《うつむ》く昴に、ランスが優しく問いかける。

「本当に、そう思っているのかな？」

「え？」

「パーティーで君は、とても楽しそうに見えたよ。昴がジョゼット達に向ける笑顔に嫉妬したが、あの笑顔は素敵だった。ダニエルもジョゼットも、通りすがりにテーブルへ寄ってくれた知人達も、昴に好意を持っていたのは明らかだ」

あれはランスと一緒にいたからだと、昴は言いかけて止《や》めた。折角誉めてもらったのに、余計な事を言って場を台無しにしたのは過去に何度もある。

「一度将来の計画をリセットして、冷静に考え直してみてもいいんじゃないのか？」

「計画、ですか」

これまで昴は、将来の事なんて考えたこともなかった。精々、叔父の仕事を手伝い、社会の片隅で大人しく目立たないように生きていくべきだと考えていた。

理解者であった両親の死後、昴のコミュニケーション能力は低下する一方で、ランスのように評価してくれる人はいない。

「でも、やっぱり僕は会話が苦手です。直したくても、話し相手を不愉快にさせてしまうから」

これまで頑張ってきたが、自分には無理と思い知らされる事ばかりだった。虐《いじ》めこそ受けないけれど、小学生の頃からクラスでの孤立は常に付きまとう問題で、今も改善されていない。こんな自分が社会に出たところで、迷惑しかかけないだろう。

「お気遣い、ありがとうございます。ランスさんにそう言ってもらえるだけで、嬉しいです」

「また、その顔だ。無理に笑う必要はないんだよ昴」

博次《ひろつぐ》達も、引っ込み思案が過ぎる昴を気にかけて、色々と相談に乗ってはくれる。そんな八坂《やさか》家の人々を困らせたくないから、強ばった笑顔で大丈夫という癖もついた。

なのにランスは、昴の心を簡単に見透かす。

「私は君に色々な世界を知って欲しいと言うけれど、それは強制ではないからね。ただ考えてほしいだけなんだ」

「どうして……僕のことを考えてくれるんですか？」

「君が好きだからだよ」

真顔で言うランスが、何を考えているのか昴には理解できない。

椅子から立ち上がったランスに抱き寄せられ昴は唇を奪われる。大人しくされるままになっていると、ランスが柔らかな笑みを浮かべる。まるでおとぎ話に出てくる王子のようだと思うけれど、口にしたことはない。

キスの度に、ランスがこうして甘く微笑《ほほえ》み昴を見つめる瞬間を、いつの間にか昴は待ち遠しく思うようになっていた。

「大分、慣れてくれたね」

「……毎日していれば慣れます」

「それもそうか」

憎まれ口と取られてもおかしくない言葉さえ、ランスは笑ってくれる。

彼のように住む世界の違う人は、自分のように空気の読めない発言をする相手が珍しいのだと昴は結論づけた。

「もっと好きに考えて、行動していいんだよ。君は周囲が言うように、失礼でも何でもない。萎縮《いしゅく》する必要はないんだ」

——昔……おなじ事を言われた……。

碧《あお》の瞳に映り込む自分をぼんやりと眺めながら、昴は忘れかけていた記憶を思い出す。昴にしてみれば、それは幸せな記憶と同時に、悲しい思い出も伴うからあえて見ない振りをしてきた。

けれどランスの体温を感じていると、あの悲しみが少しだけ薄らぐような気がする。

——お父さんと、お母さん。

ランスのような言い方ではなく、もっと簡単な言い回しで、両親は自分の殻に閉じこもる昴を励ましてくれていた。

「ランスさんになら……話ができます。でも他の人は、無理」

「私はそれでも十分嬉しいよ」

大きな掌《てのひら》が昴の髪を撫《な》で、再び口づけられる。

「……ぁ…」

それまでは気恥ずかしさしか感じなかったのに、唇が触れ合った瞬間甘い痺《しび》れのような感覚が背筋を走り抜ける。

零《こぼ》した吐息は本当に小さなものだったから、ランスも気がつかなかったようだ。

「えと、秘書さんの仕事をお手伝いしてきます」

「昴？」

怪訝《けげん》そうな声を無視して、昴は足早にランスから離れた。

「わざわざすみません。ご連絡頂ければ私の方からお伺いしましたのに」

「いや、気にしないでくれ。それに貴方《あなた》が来ると、昴が気を遣ってしまうだろうからね」

八坂派遣のオフィスをアポイントなしで訪れたランスに、深々と頭を下げているのは博次の父、和夫《かずお》だ。

細かな契約は全て秘書任せにしているランスだが、どうしても気になる事があったので自ら出向いたのである。

「昴君に関して、少々尋ねたい事があるんだけれど……時間を取れるかな」

「ええ、構いませんが」

互いの部下に、応接室から出るように促すと、ランスは八坂とガラステーブルを挟んでソファに座る。

「なにか、問題でもありましたか?」

「いいや。彼は我《わ》が儘《まま》な私にも、根気よく付き合ってくれる。今は日本語のできない秘書達の為《ため》に、簡単な単語表まで製作してくれているとても優秀な人材だ」

決して誇張して誉めているわけではない。事実、昴は通訳の仕事だけでなく、細かな雑用も率先してやっている。

ランスが通訳を必要としないから時間が余ると本人は言うが、細かなニュアンスや方言混じりになるとどうしても昴の協力が必要になる。重要な商談は殆《ほとん》どないが、ランスの融資を頼って尋ねてくる者はそれなりにいるので、必然的に昴も同席して通訳としての仕事をこなしているのだ。

ほっとした様子で話を聞いていた八坂に、ランスは本題を口にする。

「実は彼を、私の元で働かせたいと考えている。八坂家とは特別強い繋《つな》がりを持っていると聞いているので、まず貴方に意見を聞きたいんですよ」

「昴を、貴方の元で……」

一時的な派遣ではなく、正式に通訳として引き抜くつもりだと知り流石《さすが》に驚いたようだ。ただそれは、単純に血縁者が外資から勧誘される事への驚きだけではないと直感的にランスは気づく。

――どうも、分からないな。

昴の生い立ちが不幸だと知っているものの、彼や八坂の態度を見る限り過保護と呼ぶに近い関係を感じる。決して悪い意味ではなく、互いが過剰に思い遣《や》りすぎて空《から》回っている印象があるのだ。

「私は彼の叔父という立場ですが……。昴もああ見えて一人で生活できますし、彼の意志に任せると言うべきところなのでしょうが」

歯切れの悪い八坂に、ランスは眉《まゆ》を顰《ひそ》めた。

「あなたも私の噂はご存じでしょう。不安になるのも分かる。しかし市野瀬《いちのせ》君の才能を見て、是非彼を国際的に通用する通訳に育てたいと思ったのは本当だ」

見目が良く、おまけに言語に対する類《たぐ》い希《まれ》な能力を持つ昴の価値は計り知れない。大学の研究室に押し込めてしまうより、自分の片腕となって欲しいのだとランスは続けた。

「彼は他人と関わりたいが、関わり方が分からないと思い込んでいる。何事にも消極的だと書類にはあったが、私にはそう思えない。この点も、ご存じなら教えて欲しい」

昴が度々口にする、空気が読めないだとかそういった類いの過度な自己否定をする理由が分からないのだ。

他人に対して一歩引いた所があるのは分かるが、少なくとも仕事上では無難にコミュニケーションを取っている。

「恐らく、ですが……」

言いにくそうに、八坂が口を開く。

「アクロイド様とは、仕事が終われば繋がりもなくなります。ですから、リラックスして会話ができるのでしょう。同年代と比較することもないし『自分は周囲に溶け込めない』という劣等感を感じなくて済む」

「それが気になるんですよ」

昴が周囲との軋轢《あつれき》を感じているのなら、まだ理解はできた。しかし、引き取られた先の八坂家との関係は良好であるはずなのに、肝心の親族が昴を社会から遠ざけているように映るのだ。

たまに昴と個人的な話になっても、虐待などを窺《うかが》わせる物言いはない。

むしろ亡き両親の家を昴が独立するまで管理し、遺産や進学の手続きなど事細かに気を配っている。従兄《いとこ》だという博次も、随分昴を気にかけているらしく、日に一度はメールが来ている。

「あなた方は、昴をわざと世間から遠ざけるようにしているとしか思えない。彼が人見知りをする傾向があるなら、ある程度フォローをして外へ出すのが正しい」

「ごもっともです」

意外な事に、八坂は自己弁護すらしない。その苦しげな表情からは、ランスが知り得ない悩みがあると見て取れる。

「その様子ですと、昴の両親が事故死したことは本人の口からお聞きになっていますね」

「ええ」

「あの子は、元々感情を表に出すのが苦手でした。母親が気を配り、どうにか周囲と溶け込めるようになった頃、事故に遭《あ》いまして……直後は感情の起伏が殆どなく、今はあれでも大分会話をするようになった方なんです」

八坂家としても、まだ小学生だった昴の精神状態を不安に思いカウンセリングなどを受けさせたのだと言う。だが、どの医療機関でも異常は認められず、正常と診断された。

しかし只《ただ》でさえ繊細だった昴は、両親の死を機に極端なほど物静かな性格へ変わってしまった。

多感な時期であるにも拘わらず、昴は思春期にありがちな反抗も一際せず、まるで『よい子の見本』のような生き方をしてきたと八坂が話す。

「――むしろ、実の息子より手はかかりませんでした。引き取られた負い目で、自我を押し殺しているのかと家内と話し合ったこともあります。多少はそういった気持ちもあったのでしょうけど、あの子は基本的に周囲を大切にしすぎる傾向にあるんです」

強引に自我だ何だと、積極性を出すように促せば昴は言われた通りにしてしまう。けれどそれは、昴にとってストレスにしかならないのだ。

母親はそんな昴の敏感すぎる心を察し、上手《うま》く感情表現ができるように育てていた。誰にでもできる事ではない。

「両親の死だけが原因ではないでしょうけど、悪化したのは事実です。私も周囲も気を遣って正直立ち入った接し方が分からない。本人も悩んでるのは分かるのですが、どうしていいものか……本人を追い詰めてしまわないために居心地の良い環境を与える方を優先した結果がこれです」

絞り出すような八坂の口調から、彼が相当苦悩していると分かる。昴の精神状態を思い遣り、完全に閉じこもってしまわないようにするのが精一杯だったのだろう。

「すみません。事情も知らず、問い詰めるような言い方になってしまった。お詫《わ》びします」

「いいえ、昴の能力を認めて頂いただけでなく、ここまで踏み込んでくださって感謝しています」

八坂の目尻に涙が浮かんでいるのに気づいたが、ランスは見ないふりをする。

それからランスは、昴の生い立ちに関して八坂に色々と質問をした。オフィスへ来た当初は好奇心に近い感情が強かったが、聞けば聞くほど気軽に立ち入ってよい事ではなかったと知る。

一時間ほど話をしてから、ランスはビルを出て待たせてあったリムジンに乗り込んだ。

――生半可な遊びで可愛がる相手ではないな……。

昴の両親は、道路の整備不良が原因の自損事故で亡くなっている。

それも、やっと自発的に物事へ関心を持ち始めた昴の為に、内緒でキャンプ用品を買いに出た帰り道だったらしい。

一人で留守番をさせるのは可哀想だからと、八坂家に預けられていた昴の元に両親が戻る事はなかった。

これまでなら、心に傷を負った相手など、面倒なので適当にあしらっていた。今回も適当な理由をつけて昴を首にしたところで、文句を言う者などいない。

――私らしくないが、それでも昴を手放すのは惜しい。

帰り際、八坂が頭を下げて言った言葉をランスは思い出す。

『昴が貴方の元で働きたいと希望するなら、私共は止めません。いや、私たち家族にできなかったことを、貴方ならしてくださるかもと、お話を聞いて希望を持ちました』

つまり昴を手元におくというのは、彼の人生に責任をもつという事に繋がる。自分の人生すら、責任を負いたくなくて半分背を向けているような己をランスは自覚している。

「……悩んだところで、意味はないな」

どちらにしろ、昴を手放すなど考えられなかった。それに本気になることを恐れるような、子供でもない。

――だが本気で手に入れたい相手には、どう接したらいいんだ？

生まれてこれまで、ランスは何事にも本気で取り組んだ事などなかった。仕事も遊びも適当にこなせば、勝手に良い成績が出るからだ。

珍しく真剣な顔で、ランスは考え込む。気に入った相手の気を引く方法はいくつも考えつくけれど、八坂の話を聞いてからはなぜか『本当にそれで大丈夫なのか？』という疑問符が頭を巡る。

明確な答えを出せないまま、とりあえずランスは一番間違いないだろう方法を選ぶことにして、運転手にある店へ向かうよう指示を出した。


夕方、ホテルの部屋に戻ってきたランスは、都内にある有名な菓子店の箱を三つも抱えていた。

「こんなに沢山《たくさん》、どうするんですか?」

「君が好きだと八坂氏に聞いたから、買ってきたんだ。さあ、食べよう」

箱を開けると、プリンを中心に様々なケーキがぎっしりと入れられている。甘いものは好きだけれど、これだけ大量の生菓子を全て食べるのは無理だ。

「秘書やガードマンの皆さんに配っても、まだ余りますよ……これ、夕食代わりにしようかな」

困り果てる昴を余所《よそ》に、ランスが無造作に箱ごとテーブルに並べ始める。

「叔父さんに会ってきたんですか?」

「うん。君の事を知りたかったからね」

昴は生クリームと苺《いちご》がトッピングされたシンプルな焼きプリンを手に取り、席に着く。一方ランスは、秘書の運んできた珈琲《コーヒー》だけを前に置いて、プリンに手をつける気配はない。

「履歴書をみれは良いでしょう」

「書類には、君の好きな食べ物は書いてない」

「直接聞いて下さい」

「そうなんだけどね、他にも保護者である八坂氏に相談したいことがあったんだよ」

成人しているが、叔父が昴の後見人であるのは事実だ。学生の身であるし、現在の仕事を考えれば直属の上司でもある。

「やっぱり僕だと、駄目でしたか?」

「逆だよ。君を派遣ではなく、プライベートの専属通訳として迎えたいと話しに行ったんだ」

昴はプリンを食べる手を止めて、まじまじとランスを見つめた。

「本気ですか?」

「本気だよ。それにしても、本当に好きなんだね」

指摘されて、昴は空になった三つのプリンの器を眺める。

「だって、美味《おい》しいから。あ、ランスさん、あーん」

自分ばかり食べているのも気まずいので、昴は新しく手にした器からチョコレートソースのかかったプリンをすくい取り、ランスの口元へ運ぶ。

「いや、私は遠慮するよ。甘い物は苦手で……」

「一緒に食べたら、きっと美味しいですよ」

苦笑するランスに構わず、昴はスプーンを突きつけた。

「あーん。口を開けて下さい。勝手に僕の将来を決めようとした罰です」

そこまで言われると、流石にランスも反論はせず素直にプリンを口に入れた。

「意外と美味しいね」

「このお店のプリンは、甘さが控えめだから。ランスさんでも食べやすいと思って。正解でしたね」

少し得意げに言うと、ランスが意外な要求をする。

「もう一口、いいかな」

「勿論《もちろん》です！　僕これ一度、やってみたかったんですよ」

気恥ずかしいけれど、和やかな空気が二人の間に流れる。たまに博次が夕食を食べに来る以外は、もう何年も一人での食事が普通だった。

こうして心から楽しく、家族以外の相手と食卓を囲む日が来るなんて昴は思っていなかったから余計に嬉しくて仕方がない。

「昴、あまり可愛い顔で積極的にこういったことをされると、私は色々と勘違いをしてしま

いそうなんだけど」

「勘違いって？」

「君が私の愛人になってくれるのだろうかとか。期待してしまいそうなんだよ」

指摘されて、昴は自分がかなり失礼な態度を取っていたと反省する。彼と一緒にいるとどうしてか饒舌《じょうぜつ》になり、余計な事ばかりしてしまう。

――許してくれるから甘えていたけれど、ランスさんは叔父さんの顧客だった。

こうやってプリンを食べてもらうのも、いや、買ってきてもらったことさえ失礼どころの話ではすまない。

「気が緩んでしまったみたいです」

――やっぱり僕は、社会人としての適正も心構えも持てない。

「申し訳ありませんでした。僕はランスさんの通訳でしかないのに、友達のように振る舞ってしまって……解雇して頂いて構いません」

「どうしてそこまで話が飛ぶんだ。第一私は怒っていないし、むしろ自然体の君を見られて喜んでいるんだけどね」

互いに、意思疎通ができていないと感じる。大量のプリンを間に挟んで、奇妙な沈黙が続いた。

「君は語学が堪能だけれど、沢山足りない部分があるね」

「ええ」

事実なので、昴は素直に頷《うなず》いた。

「私はね、君が自身の欠点を理解しているのはとても評価する。だが、欠点の意味を取り違えているとも思うんだ」

意味が分からず首を傾《かし》げる昴に、今度はランスが別のプリンを手にして、スプーンで掬《すく》い口元へ差し出す。なんとなく流れで口に含むと、柔らかいバニラの香りが口いっぱいに広がった。

「足りないことは悪い事ではないよ、誰しも欠点はある。欠点だと理解することが大切で、それを持つ自分が駄目だと貶《おとし》める必要はないんだ」

普段よりいくらか硬い口調のランスに、昴は姿勢を正す。

――そうだ、この人はとても偉い人だった。

威厳と自信に満ちた口調のせいか、諭す内容がすとんと胸に落ちて納得できてしまう。

この人の言うとおりにしていれば何も間違いはないのだと思わせる雰囲気を、ランスは持っていた。

「それとさっきの話に戻るけれど、やっぱり将来は院に進む方向で気持ちは変わっていないのかな？　以前聞いたときは、特にやりたいこともないように感じたんだが」

昴の態度が変化したと分かったようで、ランスは軽く息を吐くといつもの明るい表情に戻った。

「あ、えっと。ないですよ。一方的に決められたのが嫌なんです」

「なら、相談すればいいのか。実はね、来週辺りに一度イギリスへ帰国するんだ。融資の件も纏《まと》まらなかったし、とくにする事もないからね」

突然の話に、昴は戸惑う。

彼はいずれ帰ると分かっていたが、いざとなると急に頭の中が真っ白になって考えが纏まらなくなる。

「本題だが、よければ君に同行して欲しい。八坂氏には話は通してある、彼は君が決めたことなら反対はしないと言っていた。昴が望むなら、イギリスの大学へ編入手続きをしてもらって、卒業後は正式に私の通訳になってほしいんだよ。留学費や、手続きに関わるものは、全て私が負担するつもりだ」

夢のような好条件を提示され、昴はなにか裏があるのではと考えてしまう。自分が通訳としてそれなりに能力があると今回の仕事を引き受けて理解したが、そこまでランスが執着する意図が分からないのだ。

けれど理性的な思考とは反対に、感情は彼の申し出に傾きかけている。なにより、彼の通訳になれば、側に居ることができるのだ。

——僕はランスさんと、離れたくない。

ランスと仕事をするのは楽しいし、自分を変えていける気がする。

しかし、懸念もある。

「僕はいつもこんなふうで、失礼な事をしますよ。須和《すわ》コンサルタントの会議で、もっと穏やかな断り方をした方がよかったと今なら分かります」

「私は失礼な振る舞いだと思っていない。それにあの時は、君の対応で問題なかったよ。変に下手に出ていたら、面倒なことになるところだったからね」

結局、須和との取引は完全に中止になったのだと昴はこの時初めて告げられた。よくよく調べたところ、資金繰りは悪化の一途を辿《たど》っているらしい。

ジョゼットへの強引な投資話や、ランスに嘘《うそ》をつくよう昴に頼んでまで取引を結ぼうとしたのもそんな裏事情があったとなれば納得も行く。

「でも……正式にランスさんが僕の雇用主になっても、きっと変わりませんよ」

「そんなのは、想定済だ。それに私は、君に萎縮するなと言ったけれど、根本的に変わって欲しいなんて思っていないよ」

昴は少し考えてから、口を開く。

「向こうでも、僕のできそうなアルバイトはありますか？　その前に、編入の受け入れ先をみつけないと。いくら何でも全て任せるのは申し訳ないです」

将来を見込んでくれているなら、尚更《なおさら》甘えは許されない。ろくにバイトすらしたことのない自分は、大分世間を甘く見ているだろう。

だからランスは、色々と気を配ってくれると分かる。だが、いずれ彼の元に就職をすると考えると心苦しい。

するとランスは、額に手を当ててため息をつく。

「やっぱり、遠回しな物言いは駄目か。私はね、君を愛してるんだ。側に居てほしいから、連れて行く。これが本音だよ」

「……え？」

「君を、私のものにしたいんだ」

——これは……所謂《いわゆる》、愛の告白なのかな？

余りにランスの態度が普通だから、実感がわかない。

毎日しているキスも、あくまで昴のコミュニケーション不良を直す目的だと、信じて疑っていなかった。

だからいきなり愛してると言われても、昴は戸惑ってしまう。

——『私のものにする』ってことは、ランスさんの道具になれって意味……で、いいんだよね？　そういえば、気軽に遊ぶ人なんだって博次も言ってたし……。博次の懸念が当たった？

自分が彼の性的欲求の解消対象にされるとは、考えてもいなかった。

パーティーの後で言われたことを含め、昴は冷静に自己分析してみる。

——道具扱いは嫌だけれど、きっとこの人は誰に対しても同じだろうし。たとえ道具でも酷《ひど》い事はしないと思う。

恐らく都合の良い相手になって欲しいと言われているのに、心は嫌がってない。むしろこんな自分を求めてくれたことを嬉しいとさえ思う。

そこで昴は、自分が彼の求めに否定的でないと気づいた。ランスに恋愛的な好意を抱《いだ》いていなければ、こんなに考え込んだりするわけがない。

基本的に昴は、嫌な物は嫌だと拒絶できる性格だ。

——迷っているけど、嫌じゃない。それは、僕がランスさんが好きだからだ。

引っかかってるのは、多分彼の恋愛観だろう。初めから遊び相手として求められているという状況は、誰だって戸惑うはずだ。しかし立場を考えれば、これ以上の高望みなどできるわけがない。

自分は語学が得意なだけの学生で、ランスは国際的に有名な大企業を牛耳《ぎゅうじ》る一族。それも本気で望めば、跡取りとして全てを手に入れられる地位を持っている。

「……ランスさんの事は好きですけれど。改めて聞きますが、僕のどこがいいんですか？」

本気で分からなくて、昴は真顔で問いかけた。すると、いつもの倍くらい甘い微笑みで返される。

「君の全てが愛《いと》しい。昴が望むなら、私はなんでもするよ」

「大げさすぎると、全部嘘に聞こえますよ」

「嘘じゃないよ。愛してる」

ランスが背後から腕を回して、昴を抱きしめる。これまでも似たようなスキンシップはされていたのに、今日に限って顔が熱くなった。

「昴が今言ってくれた『好き』という言葉は、恋愛という意味で取るけれど」

「え、と……」

「遠回しな言い方は嫌いだったね。つまり私は、君とキスを交わす以上の関係になりたいんだ。君とセックスがしたい」

「本気ですか」

「うん」

にこにこと笑うランスに、昴は眉一つ動かさず考える。想定していた通りの言葉だけれど、実際に聞くと鼓動が跳ねた。

——ランスさんと僕が、セックス。

今ひとつ、想像がつかない。

いくら他人と関わるのが苦手な昴でも、健全な男子だ。

恋愛経験は皆無だが、グラビア雑誌を読んだり深夜のテレビを見ていれば、セックスがどういったものか知識は得られる。

最近は同性同士のセックスを特集する雑誌もあるほどだから、うっすらとだけれどベッドでなにをするのかは分かっている。

だが、遊び人で性別問わず関係を持つと公言しているランスが、自分のように経験も何もない人間に性的な興味を持つとは考えもしなかった。

——外見は最初から気に入ってたって言ってたし、仕事も認めてくれたみたいだから……ランスさんなりの、ご褒美？

彼が何を考えているのか、未《いま》だに昴は摑《つか》みきれていない。

「好意を持って頂けていることはとても光栄に思いますけど、愛人は嫌です」

「もちろん、君に愛人の立場を求めてはいないよ」

その言葉に、やっと昴は合点が行く。

つまり彼は、『愛人』のような性的な相手をする道具扱いではなく『仕事のできる遊び相手』として昴を認識したのだろう。

そう考えれば、身分の違いすぎる自分を抱きたいだなんて言い出すのも理解できる。

——キスは慣れたけど、セックス……ランスさんなら、大丈夫かな。

具体的な想像はつかないものの、彼に全てを預けるのだと漠然と考えてみた昴は、ランスに対して嫌悪を感じないと答えを出す。

これはきっと、恋愛に繋がる感情なのかも知れない。そう思った瞬間、胸の奥がちくりと痛む。

初めて知る感情を、昴はゆっくりと吟味する。

「あの、僕でいいんですか？」

「君でなければ嫌だな」

いつもより、ランスの声が甘く聞こえる。彼の真意を確かめるように碧の瞳を見つめると、真摯《しんし》に見つめ返されて頬《ほお》が熱くなった。

——僕は、この人が好きなんだ。

側に居て安心するし、話をしていて楽しい。なにより、彼とキスをすると鼓動が早くなって、気持ちが安らぐ。

けれど彼は、『愛しい』と言いはするがきっと本気じゃない。

——勘違いをしたらいけない。

彼とは、住んでいる世界が違いすぎるし価値観も違う。そんなランスに認められ、肌を重ねる相手に選ばれたのは奇跡みたいなものだ。そう何度も、昴は己の心に言い聞かせる。

恋人になれたら嬉しかったけれど、ランスはきっと遊びの一つ。

嬉しいという感情と、落胆が同時に昴の心にのし掛かる。それでもランスを拒絶するなんて、とてもできない。

——ランスさんからの気持ちが本当でなくても、かまわない。

「……分かりました。その……好きにして下さい」

絆《ほだ》されて体を許すなんて、随分いやらしい本性の持ち主だと思われたことだろう。それでも、ランスに求めてもらいたい。

「君の心も体も、全て奪うよ」

いつの間にか、昴の手からスプーンが奪われテーブルに置かれていた。そしてさりげなく腰を抱かれ、ランスのペースで全てが動き始める。

「愛してるよ、可愛い昴」

啄《ついば》むようなキスの合間に、ランスが囁《ささや》く。欲情の混じる声に、昴の体も反応してしまう。けれど性行為の経験がないので、ベッドルームに導かれてもそこからどうすればいいのか分からない。

立ち尽くす昴を安心させるように、ランスが丁寧《ていねい》にベッドへと誘う。何も知らない昴を揶《や》揄《ゆ》することもなく、優しい愛撫と甘い囁きを混ぜながら服を脱がせていく。

恥ずかしいと考える僅《わず》かな時間すら、ランスは昴に許さない。常に意識を逸《そ》らすように甘い告白をし、昴が慌てたり赤くなったりしながら答える間に全ては進んでいく。

「肌がとても綺麗《きれい》だね。左側の肩胛骨《けんこうこつ》の下に、一つだけ小さな黒子《ほくろ》があるよ」

「えっ……あ……そう、ですか？」

「他にも、君が見つけられない黒子を探してみよう」

「止めてください」

気がつけば、自分もランスも裸になっていて、慌てた昴が毛布をかぶろうとすると素早く押し倒されてしまった。

「昴は綺麗だね。これから全部、私に任せればいいから——ほら、隠さないで見せてごらん」

震える両膝《りょうひざ》にランスの手がかけられ、大きく左右に広げられる。性器も、その奥の秘められた場所も露《あら》わにされて、昴は恐怖と羞恥に泣きたくなった。

「だめ、です。そんなところ、汚い」

「こんなに綺麗で愛らしいのに、これまで誰にも汚されていないなんて奇跡だな」

「な、何を言って……ランスっ」

「昴の初めてを奪えて嬉しいよ。尤《もっと》も、君に経験があったとしても、すぐに忘れさせるけれどね」

自信たっぷりに言うランスが、昴の性器に指を絡める。

——綺麗な手なのに、汚れる。

ランスの指が自身を扱《しご》いているという現実に、頭の芯《しん》がくらくらとして体が熱くなっていく。

好きな相手に触られて、羞恥を凌駕《りょうが》する快感が昴を翻弄し始めた。

「手、はなして……っ」

「大丈夫だから。そのまま楽にして」

根元から幹へと、指が滑る。先端を優しく弄《いじ》られ、昴の中心は瞬《また》く間に反り返った。鈴口に滲《にじ》む蜜をランスの指が搦《から》め捕り、潤滑剤代わりにして丁寧に扱いていく。

初めてなのに、昴の体は羞恥で萎縮するどころかランスの愛撫に溺《おぼ》れていった。

「あぁっ……も、でる…から……」

自慰をするときよりもずっと早く、昴は上り詰めてしまう。ひくんと腰が跳ねて、ねっとりとした蜜液が臍《へそ》の下まで飛び散った。

なのにランスの指は、蜜を零す鈴口を執拗《しつよう》に擦《こす》り射精の快楽を持続させる。ようやく手が離れたと思ったら、更に衝撃的な光景が視界に飛び込んできた。

「っ……お願い、触らないで……嫌っ」

汚れた指を舐《な》めるランスを見て、堪《こら》えきれず昴は泣いてしまう。

「やだ……止めて」

「どうして？　君の蜜は、美味しいよ」

力の抜けた手でランスの手を彼の唇から引き離そうとするけれど、上手く行くはずもない。精液を舐めるランスを見ているうちに、また下半身に熱が集中していく。

「あ、いや……僕、変な声出して……」

「それは感じている証《あかし》なんだから、誰でも似たような反応をする。気にすることはないし、私は君の愛らしい声を聞けて嬉しい」

喘《あえ》ぎを妨げないように、ランスが唇の端に口づける。優しさと慈愛の入り交じったキスを受けても、昴の不安は消えない。

それどころか、これまで性的に愛されたことのない昴にとって、彼の向けてくれる愛情は不安を増幅させる結果しか生まない。

ずっと抑えていたコンプレックスが一気にこみ上げて、昴は胸の内に留《とど》めておこうと思っていたことを口にしてしまう。

「っん……ただでさえ空気読めなくて、嫌われてるのに……折角仲良くなれたランスさんにまで、嫌われたくないっ」

精液と彼の唾液が絡んだ指が、愛おしげに昴の唇を撫でる。

「君を嫌っている相手など、気にする必要はないよ。現に私は昴を心から愛しているし、日本人特有の『空気』というものも気にならないよ。むしろ君の考えは素直でとてもいい」

それまで目尻から僅かに流れていた涙が、一気に量を増して頬からシーツに伝い落ちていく。

自分でもどうしてこんなに涙が出るのか不思議議で、昴は狼狽《うろた》えた。

「恥じらい、だけではないようだね」

――泣いたの、何年ぶりだろう。

両親の葬式の時以来、昴は泣いたことがなかった。目尻に涙が浮かぶ程度はあったものの、こんなに涙を流すのは数年ぶりと言っても過言ではない。

「好きなだけ、泣いていいんだよ」

情けなく涙を流す昴を、ランスは理由を問わず受け入れてくれる。

けれど、しどけなく広げられた脚の間にランスが体を入れた瞬間、自分が何をしているのか思い出してしまい体が強《こわ》ばる。

内股《うちもも》に勃ち上がったランスの雄が触れて、昴は本能的に腰を引く。

「ごめんなさい、僕……」

ランスを信じているのに、どうしても恐怖心が消えない。

「謝る意図が分からないな。君はセックスの経験がないのだし、本来なら挿入する側だ。違和感があるのは当然のことだよ」

理路整然と説明され、昴は納得する。

ただでさえ感情的になっているのに、更に感情論を持ち出されたら昴の混乱は酷くなっていただろう。

そんな性格もランスは見極めていたらしく、視線を合わせて静かに話を続けた。

「君に痛い思いはさせない。と言いたいけれど、初めての君には我慢してもらう事もある。

ごめんね」

馬鹿正直なランスの言葉に、昴の緊張が少しだけ解《ほぐ》れた。こんな時、嘘をつかれるよりも真実を伝えてもらった方が昴としては嬉しい。

「でも、すごく痛いのは嫌です」

「故意に傷つけるようなまねはしないよ。私は君よりも、こういった行為に慣れているからね。経験者に従う方が、お互いにとっていいだろう?」

「……はい」

消え入りそうな声で頷けば、理解したご褒美だと言うように口づけられた。

自分の精液で濡れたランスの指が、後孔を擽《くすぐ》った。痛みと同時に襲った未知の感覚に悲鳴を上げる昴に構わず、節の張った指が滑った音を立てて入り込んでくる。

「あ、うっ。痛っ」

――ランスさんの、ゆび……。

体の内側をまさぐられ、かあっと肌が火照《ほて》った。恥ずかしい部分を弄られ、見られる羞恥に昴は混乱する。

ぴりりとした痛みと内側から生じる初めての快感に、どう反応していいのか分からなくて昴は咄嗟《とっさ》に腰を引く。けれどランスはすぐに昴の腰を捉《とら》えて、逃げられないように押さえてしまった。

「顔を隠したり、声を我慢するのも駄目だよ。楽にして、昴が感じたまま声を出せばいいからね」

そんな事を言われても、頷ける訳もない。けれど抵抗したり煩《うるさ》いことを言って、ランスに嫌な思いをさせたくない気持ちが勝る。

「で……も……ひっ」

腹側の一部を擦られた瞬間、電流に似た刺激が背筋を走り抜けた。次第に痛みは消えて、代わりにむず痒《がゆ》いような感覚が大きくなる。

「反応が良くなったね。君の体は、私と繋がりたがっているよ」

「あ…ぁ……は……」

指の腹で擦られる度に、自分のものとは思えないような甘ったるい吐息が零れる。それはとても意志で止められるものではなく、昴は喘ぎながらシーツの上でのたうつ。

——指、増えてる……もっと、奥も……。

恥ずかしい欲求が理性を食い荒らし、無意識に脚を広げてしまう。

酷く淫《みだ》らな姿を曝《さら》していると自覚があるのに、体はまだ足りないのか貪欲に快楽を欲し続けている。

「ランス、お願い……へんに、なるから……っ」

「初めてでお強請《ねだ》りができるなら、上出来だ。とても私好みだよ」

「……んっ、ぁ……ふ」

内部を刺激していた指が抜かれ、喪失感に昴はランスを見つめた。

「大丈夫。ほら、触ってごらん」

「あっ」

手を取られ、彼の雄へと導かれる。

硬く反り返ったそれは自分のものより遥《はる》かに雄々しく、これで敏感になった内部を擦られるのかと思うと昴は真っ赤になった。

「少しきついだろうけど、我慢できるね？」

「ええ……平気、だと思います」

自身の根元に昴の指を触れさせたまま、ランスが腰を進めてくる。

まるで自分が、ランスの挿入を促しているような錯覚を覚える。ただでさえ恥ずかしい行為が、更に淫らなものになった気がした。

それでも昴は抗《あらが》わず、ランスに身を委《ゆだ》ねる。

「挿《い》れるよ」

瞼《まぶた》を閉じて、昴は頷く。

覚悟はしていたけれどやはり恐い。

——大きい。それと熱い……ひっ。

先端が入り口に触れて、広げられていくのが分かる。

「嫌っ、待ってランス……痛いっ」

「落ち着いて、昴。もう少ししたら、大分楽になる」

——無理……っ……体、裂けるよ……。

太く長い杭を受け入れているようで、全身から冷たい汗が出る。指で一度絶頂へ導かれたにもかかわらず、昴の体からはすっかり快感の余韻が消えてしまう。

「ひ、っ……らん、す……」

どうしても緊張してしまい下腹部に力が籠もる度、ランスは動きを止めて昴が落ち着くのを待ってくれた。

「っふ……あ」

「いい子だね。一番太いところは入ったから、これ以上、辛《つら》くならないよ」

「ふと……え?」

あの一際太いカリ首を受け入れてしまったと気づいて、昴は真っ赤になる。

——あれが、入ってる。

けれど、ランスはまだ腰を進めている。指では到底及ばない場所を擦られて、昴は改めて雄の大きさを実感した。

狭い肉筒を押し広げて進む雄が止まり、昴は自分の体がランスと完全に繋がったのだと分かる。

ひくひくと後孔が震え、雄の硬さと熱さに怯《おび》えてしまう。

「そのまま、楽にして。ここかな？」

張り出した部分を強く擦り付けられ、背筋がぞくりと粟立《あわだ》つ。

初めての挿入で異物感と痛みはあっても、指でじっくりと慣らされたせいか快感もこみ上げてくる。

「動かすよ、昴」

「ひっ……ぅ」

腰を揺さぶられると、全身が一気に熱くなった。

――なに、これ……っ。痛いのにっ。

指で与えられたものより刺激は強く恐怖さえ感じるのに、もう一度体験してみたい。

淫らな欲求に、心より体が先に反応する。

「あっぁ、もっと」

「昴は、中がとても敏感だね」

無意識に腰を上げ、ランスの雄をより深く受け入れようとして昴は下半身を擦りつけてしまう。

「もっと脚を広げて。恥ずかしがらなくていいんだよ――そう、そのまま私の腰に、脚を絡めて。上手だね」

子供の勉強を見守る大人のように、ランスが丁寧に指示を出す。

昴は戸惑ったが、言われた通りにするとより強い刺激が得られると分かり、次第に従順になっていく。

「良ければ、正直に言ってごらん」

「……あ…せなか、ぞわってして……」

「うん。それから?」

弱い部分を重点的に責められ、一瞬理性がかき消えた。

「からだの、おく……痺れ、て……痛いのと、気持ちいいのが……一緒になって。頭の中、まっしろ、に……っ」

問われるままに、昴は素直に答えてしまう。すると体の中に収まっていた雄が、びくりと反応して更に太さを増す。

いくら解されていても、初めてのセックスであることにかわりない。再び強い痛みを感じて、昴は息を吞む。

「ランスっ……僕、体……壊れるっ」

「呼吸を止めたら、いけないよ。ゆっくりでいいから、息を吐いて」

「は、ぅ……っ、はふ」

宥《なだ》めるように背をさする手の動きに合わせて、昴は浅い呼吸を繰り返した。すると痛みはあるものの、消えかけていた甘い疼《うず》きが腰の奥にこみ上げてくる。

「……ゃ…やだっ……奥、あつく、なって……あっ」

挿入されたものを締め付け、勝手に内部が痙攣《けいれん》する。

——初めてなのに……。

恥ずかしいのと強過ぎる快感に、昴は混乱する。自分がこんな淫らだと知り、ランスが呆《あき》れてしまわないかそれだけが不安だった。

「前立腺で軽くイッたね。不自然なことじゃない。私と君の相性が良いから、感じているんだよ」

喘ぐ唇を吸われ、そのまま奥を小突かれる。

「このまま、もっと強くいかせてあげるよ」

敏感な胸や脇腹も同時に愛撫されて、昴は甘く鳴きながらランスに縋《すが》った。

「んっ……っ——っふ、あ」

逞《たくま》しい腹筋に自身を擦られて、昴は射精してしまう。

立て続けに出したとは思えないとろりとした蜜が、胸元まで飛び散る。荒い呼吸を繰り返す昴は、ランスの雄がまだ張り詰めている事に気付き慌てた。

「……気持ちよく、ないですか？」

「ああ、違うんだ。君の体をもっと堪能したくて、我慢しているだけだよ」

「ひっあ」

ぐいと腰を押し付けられて、昴は精を放たず上り詰める。

「これだけ相性がいいなら、初めてでも大丈夫だね」

そう呟《つぶや》くランスに本能的な不安を覚えた昴は、おそるおそる問いかける。

「なにが……ですか……？」

「中からの刺激だけで、君にもっと深い悦《よろこ》びを与えられそうだ」

これ以上愛撫されたら、本当にどうにかなってしまう。嫌々と首を横に振っても、ランスは止めるどころか、更に激しく腰を突き上げた。

「あっあ、ランスっ」

「いずれは……」

なにか言われた気がしたけれど、快楽に負けた昴ははしたない悲鳴を上げる。奥だけを丁寧に小突く刺激とは違い、入り口から奥まで何度も満遍なく擦られ突き上げられた。

絶頂が収まらない昴は、泣きながら懇願する。

「ランス、中はもう……いや」

「どうして？」

「気持ちよすぎるから」

正直に答えると、なぜかランスの雄が質量を増す。限界まで広げられた後孔を擦りながら、ランスが嬉しそうに微笑むのを昴はぼうっと見上げる。

こんな時でも、彼は見惚《みと》れるほどに素敵だった。汗で張り付いた前髪や上気した目元が艶《なま》めかしい。

「どこがどう気持ちいいのか、教えてくれたら……やめようかな」

「奥に、当たるの分かる。ランスが沢山、入ってくるって感じて……それだけで、何回も頭が真っ白になって……やっ、ランス？」

「そんなに可愛い事を言われたら、もっと悦くしてあげたくなるね」

「いやっ……また、僕だけ……ひ、っ」

射精した感覚はあるのに、流石に今度は薄い蜜が僅かに滲んだだけだった。なのに後孔は、痙攣しながら何度もランスの雄を喰《く》い締める。

「君の中に出すよ」

言われて、昴は達しながらも身構えてしまう。

拙《つたな》く揺れていた腰を摑まれ、太いそれが根元まで挿入された。

「奥まで全部、私に馴染《なじ》ませるからね」

「は、い……あっぁ」

体の奥で、ランスのモノがびくびくと跳ねるのが分かる。

——ランスさんの……出てる。

熱い体液が大量に注がれ、昴の体は従順にそれを受け入れた。けれど暫《しばら》くして、昴はある異変に気づく。

まだ体に収まっているランスが、硬いままなのだ。

「……ランス、さん？」

「まだだよ、昴。我慢していた分、一度じゃ足りない」

甘い微笑みを浮かべて、ランスが再び律動を始める。力の抜けた体は抵抗もままならず、再び彼の与える快楽へと飲み込まれていった。


うーんと伸びをしたが、どうしてか昴は思うように体が動かない。

——……えっ、なに？　どうして……っ。

自分の体が逞しい腕に抱きしめられていると気付いて、昴は慌てた。薄目を開けると、フットライトに照らされた室内がぼんやりと見える。

どうにか昴が寝返りを打ち向きを変えると、視界の至近距離に眠るランスの顔が飛び込んできて一気に我に返った。

――僕、ランスさんと……した……んだ。

お互いに裸のままだが、昴の下半身には甘い名残《なごり》が感じられる。けれどそれは不快感ではなく、愛された余韻だけだ。

全身がさっぱりとしており、恐らく眠っている間にランスが汗や精液を拭いてくれたと分かる。

散々に痴態を曝した上に、事後の始末までさせてしまった。いくら合意と言っても、雇い主のランスに何もかも任せきりにしてしまった失態と全てを見られたのだという現実に、昴は恥ずかしくてこの場から逃げ出したくなる。

せめて謝罪をしようと思うけれど、ランスはまだ眠っている。

――まだ寝てるから、起きるまで待った方がいいのかな。

見慣れているはずなのに、抱き合った直後のせいか意識してしまう。僅かに汗ばんだ前髪をそっと梳《す》くと、長い金色の睫《まつげ》が少し揺れた。

この瞼の下にある碧の目で昴の全てを見つめ、寝息を立てる唇で何度も名前を呼んでくれたのだ。

甘い時間を思い出すと、腰の辺りがじんと疼き昴は身じろぐ。

これが愛し合った者同士ならば、最高に幸せな時間なのだろう。けれど自分はあくまでランスの遊び相手でしかない。

彼は恋人だと言ったけれど、ランスにしてみれば他愛ない言葉遊びの一つだと昂も理解しているつもりだ。

——だって、僕はただの通訳で。ランスさんとは立場が全然ちがう。

嬉しいけれど、悲しい。

そんな相反する感情がこみ上げてきて、昂は戸惑う。両親が死んでから、大きく感情が動くことはなかった。

なのに今夜は、泣いてしまったり恥ずかしい悲鳴を上げたりと、自分でも信じられない醜態を曝している。

なにより信じられないのは、ランスを受け入れてからずっと快楽の虜《とりこ》になってしまった事だ。

最初のうちは、敏感な部分を擦られて感じていただけなのに、次第に内側の全てで快楽を得ていた。

そして、最後には中に射精された刺激でも達していたと思い出し、耳まで真っ赤になる。

——初めてなのに。……っ。

触れていたランスの手が、不意に腰を撫でた。寝ぼけているのか、まさぐるようにして脚の付け根へと降りていく。

「やっ……」

消えかけていた淫らな感覚がぶり返しそうになり、昴は小さく悲鳴を上げる。すると耳元で、笑い声が聞こえた。

「敏感だね」

「ランスさん！」

ランスが寝たふりしてると気づいて、昴は目を見開く。

「騙《だま》すなんて、ずるいです。離して」

距離を取ろうとするけれど、強く抱きしめられてそれは叶《かな》わない。

「やっと迎えた初夜なのに、目覚めて素《そ》っ気《け》ないのは悲しいな」

「なに……馬鹿なこと……」

やんわりと唇を塞《ふさ》がれ、昴はなにも言えなくなる。この数日で口づけに慣れてしまった昴は、無意識に唇を開いて彼の舌を受け入れた。教えられた通りに舌先を絡め、互いの口内を丁寧に舐める。

――これ以上したら……また……。

キスを交わしながら上り詰めた記憶を、体が思い出してしまう。体の芯に残る快楽から無理に意識を逸らし、昴はいくらか強引にキスを止めた。

「上手くなったね。昴」

「ありがとうございます」

息が上がってしまう深いキスの直後なのに、ランスは英語の発音でも誉めるように軽く言ってのける。

つられて昴もお礼を口にしたが、すぐ我に返って気持ちを切り替えた。

「ええと、ランスさん。僕はあなたに雇ってもらっているし、セックスを教えてもらいました。ですから、一方的に綺麗にしてもらうのはよくないと思います」

本当の恋人みたいな扱いを受けていたら、きっと自分は思い上がる。そうなれば寛大なランスでも呆れてしまう筈だ。

叔父の会社に迷惑をかけたくないという思いもあるが、彼に気に入られて少しでも長く側にいたいと思うからこそ昴は雇われている立場を強調する。

「それって、二人で一緒に体を清めたいという意味かな」

「はい。作法が分からないから、初めはランスさんと一緒がいいと思います。慣れたら僕が全てしますから」

「昴はとても積極的だね。そして、恐らくは意味を理解していない点もいい」

どうしてかランスは声を上げて笑い始める。自分が無知であるのは認めるが、こんなに馬鹿にされれば流石に昴も不愉快だ。

ついランスを睨《にら》むと、彼はまた笑いながら昴を抱きしめる。

「ごめん。からかったわけじゃないんだよ。君が余りにも可愛くてね」

「可愛くないです」

冷静に事実を言ったのに、ランスは取り合わず言葉を続ける。

「セックスが終わってからのことだけれど、私から無理強《じ》いはしないよ。作法だのなんだの、堅苦しいのは嫌いだし、私は自分が楽しめることしかしない主義なんだ。だから君の体を拭いたのも、楽しいからしたんだよ」

「そうなんですか?」

ランスをじっと見つめるが、彼が嘘を言って誤魔化しているふうには思えない。

「焦ることはないさ。いずれ君が、後技もしたい気持ちになったら、リードして教えるよ。それまで無理にしろとは言わない。セックスが面倒だと認識して、嫌いになったら悲しいからね」

そんな大変な事させてしまったのかと内心焦るけれど、多数の経験を持つランスにしてみれば普通のことなのだろう。

語学と同じように、最初から難しい言語を覚えようとするより、基礎をきちんと理解する方が早い。

セックスもきっと同じだと、昴は自己完結する。

——焦らず、堅実に。昨夜《ゆうべ》も最後までできたんだから、大丈夫。

気持ちを落ち着けると、気が抜けたのか再び睡魔が襲ってくる。サイドテーブルの時計を確認すると、朝の五時近くだと分かった。

秘書達の仕事が始まるのが九時からなので、後数時間は休めると計算する。けれどいくらキングサイズのベッドでも、このままランスと共にいるのはよくないだろう。

「今日は何時に起きますか？　秘書さんから、お昼に仕事の書類が届くって聞いてますけど」

さりげなく腕をどけ、自室に戻ろうとして起き上がる昴をランスがあっさりと引き戻す。体勢を崩した昴は、背中から彼の胸に倒れ込むが中途半端な体勢なのに、ランスはしっかりと受け止めてくれた。

「わっ、ランスさん」

「休むに決まっている」

当然のように答えられ、昴は返事に困った。確か今日は、出資したホテルの式典に呼ばれているはずだ。

「初夜の翌朝に、仕事なんて無粋な事はしたくない。ノートパソコンがあれば、指示は出せるから問題ないだろう」

無造作に置いてあったノートパソコンを枕の側に置き、ランスは昴の頬へキスを落とす。

「それに私がいない方が、はかどる仕事もあるからね。私の部下は、有能なんだ」

「……あ、あの。分かりましたけど。一つ、聞きたい事があるんです」

「ん？」

「質問している間くらい、手を止めて下さい」

既《すで》にランスの片手は数時間前まで雄を銜《くわ》え込んでいた入り口を撫でている。甘い誘惑から意識を逸らし、昴は問いかけた。

「さっき言ってた……いずれ、ってなんのことですか？」

「挿れただけで、絶頂できるようになれるねって言ったんだよ」

「ひ、ぁんっ」

答えると同時に、解された後孔へ指が突き込まれた。まだ中に残る精の残滓《ざんし》が絡みつき、肉襞が奥へ誘うように蠢《うごめ》く。

「私好みの最高の体だ、昴……愛しているよ」

「ゃ…あ」

なし崩しに快楽へ誘おうとするランスに、もう昴は抗えない。たった一晩で、彼は昴の体を征服し尽くしてしまったのた。

ランスの指や唇が触れる場所は、全て疼いて紅に色づく。

抗っていた言葉は次第に甘いため息へと変わり、逃げようとする体からは力が抜けていく。

昴はいつのまにか、ランスにリードされるまま彼の背に縋り付いていた。

――挿れただけでなんて……聞かなければ良かった。

けれど挿入された時に、背筋がぞくぞくしたのを思い出す。

「今日はゆっくり、二人で愛し合おう。無粋な事はするなと、連絡はしておいたよ」

いつの間にかパソコンが起動していて、ランスが片手でメールを操作しているのが見えた。ようは秘書やボディーガード全員に、昴との関係を告げたも同じだ。明日からどんな顔をして彼らと会えばいいのか考えると憂鬱《ゆううつ》になる。

「昴、今は私だけ見ていてくれないかな」

「はい」

我が儘な男の頼みに、昴は苦笑する。彼と本当の恋人になれたら、ずっとこんな日々が続くのかと考えると胸の奥が微《かす》かに痛む。

「どうしたんだい、昴?」

「なんでもないです」

数年ぶりに泣いたせいか、涙もろくなってしまったらしい。昴は目尻に浮かんだ涙を隠すように、ランスの胸に顔を埋《うず》めた。

昴と初めてセックスをした日を境に、ランスから誘う形で何度か肌を重ねていた。ベッドを共にしてから昴の態度に変化がみられるかとも思ったが、予想に反して数日が過ぎても以前と大してかわらない。

これまで自分の恋人になった相手は、一度関係を持つと必ず恋人らしい触れ合いを求めてくるようになった。スキンシップやプレゼントの要求など、恋人らしさの表現は様々だが、共通していたのは彼らが物事の主導権がランスにあると認識していた点だ。

しかし昴は、甘い雰囲気を求めるどころか、嫌がる素振りさえ見せるときがある。

昨夜は『明日は用事があるから、家に戻るのでもう寝ます』と夜の営みをあっさり拒絶し、昴は眠ってしまった。これまで要求を拒絶した恋人などいなかったので、ランスは少なからず困惑してしまった。

そして今朝は、普段通りに朝のキスを交わすと、言ったとおり自宅へと戻ってしまったのである。

一人ホテルに残されたランスは、暇つぶしにメールのチェックをしながら昴の帰りを待っていた。

誰かを待たせることはあっても、待つ側になった事は一度もない。これもランスには新鮮な体験だ。

あまりに素っ気ない態度を取られる度に、無理に関係を持たせてしまっているのではと危《き》惧《ぐ》する時もあるが、問いかけても昴はきっぱりと否定する。

仕事がらみで簡単に体を差し出すような性格ではないと思うので、ランスは益々昴に興味を持ち、惹《ひ》かれていった。

セックスの最中は酷く乱れるのに、普段は二人の関係すら臭わせない昴の態度もランスは気に入っている。

——けど……生真面目《きまじめ》すぎるのも問題があるね。

初めて愛を交わした翌朝、昴から言い出した『事後の始末』を具体的に説明した時のことを思い出してランスは苦笑する。

説明だけでは今ひとつ理解できなかったらしい昴はバスルームに入って、やっと自分が言い出した事の意味に気づいて泣き出してしまったのである。

それでも健気《けなげ》に自分で精液を掻《か》き出そうとするから、ランスは恥じらう昴を宥めて手早く済ませた。

以来、体を拭くのはランスがする事になったが、昴の恥じらう姿が見られるのでかなり楽しく奉仕をしている。

バスタブで後孔から精を指で掻き出してやると、真っ赤になって涙ぐみながらも昴は懸命に脚を開く。声を堪えても体が痙攣しているから、感じているのは分かってしまうのに、それでも昴は何でもないふりを続けるのだ。

それがランスには、たまらなく可愛く映る。

これまで多くの愛人や恋人と夜を共にしたけれど、ランスの方から相手の体を拭くなど考えた事すらなかった。しかし昴がそんな過去を知るはずもないし、教えようとも思わない。

――あの子は虐めて泣かせるより、可愛がって甘い涙を流させる方が見ていて楽しいからね。

予想していた以上に体の相性はよく、互いの時間が許す限り貪り合った。性交の経験がない昴はまだ困惑気味だけれど、拒絶するような素振りは見せない。

予想していたよりすんなりと手に入ったことで、飽きてしまうかも知れないと一抹の不安はあった。

何事にも大して執着しない己の性格は、熟知している。

しかし昴と朝を迎える度、単に快楽だけで満足しているのではなく心も満たされていると程なく気づいた。

――不思議な子だ。

自分とは正反対の意味で、世間とは距離を取った生活を送ってきた。周囲に合わせる風潮が浸透している日本では、生きにくかったことだろう。

なのに昴は恨み言をいうこともなく、むしろ適応できない自分に非があるのだと話す。気の合わない相手は、たとえ家族といえど遠ざけてきたランスからすれば、昴の対応は寛容すぎるように思う。

庇護欲と愛情が綯《な》い交ぜになった感情を自覚し、ランスは理路整然としない自身の思いにやっと納得した。

抱き合って目覚めた朝に見せる、はにかんだ笑みを浮かべた昴は可愛らしくて、ずっと腕の中へ閉じ込めておきたい欲求に駆られる。

独り占めしたいと思う反面、普段からああいう穏やかな笑顔を浮かべていてほしいと思いもする。

そんな事を考えながらイギリスの本社から送られて来る資料をノートパソコンで読んでいると、ノックもなしに扉が開いた。

「やあ、馬鹿のふりをした貴族様！　元気そうじゃないか！」

「ダニエル。君はいつも唐突だね。これからは、執事にアポイントの指示を出すことを覚えるといいよ」

既に二十代も半ばだというのに、この友人は初めて出会った十代の頃となんら変わっていない。

むしろ遊びが過ぎて、一般常識さえ危うくなっていた。

どうやらパーティーの帰りらしくスーツ姿だが、ネクタイはほどけ上着やスラックスにも大分皺《しわ》が寄っている。会場の隅で婦人達とその場限りの遊びに興じたのは一目瞭然《りょうぜん》だが、問い詰めて窘《たしな》めるなどと言う無意味な事はしない。

「アポイントを取らなくても、許してくれる相手を選んでやってるから安心してくれ」

取引先の道楽息子という立場のダニエルを無下にできないと言う理由もあるが、彼自身の奔放な性格を面白く思っているのも事実だ。

ランスは椅子に座るよう勧め、秘書にワインを用意させる。

「それで用件はなんだい？」

「ジョゼットやスバルを誘って、みんなで遊ばないか？」

「遠慮するよ」

「えーっ」

年上のランスにも全く物怖《ものお》じしない赤毛の友人は、子供のように口をへの字に曲げる。文句を言うかと思いきや、ランスの顔をしげしげと観察してからげらげらと笑いだした。

「なんだ、スバルを会わせたくないのか。パーティーで、あの子に視線が集中したのが気に入らなかったんだな。馬鹿を演じているお前が、本当の馬鹿でとても面白い顔になってるぞ」

「そうなのか？」

「俺は親の金で遊び回ってる、本当の馬鹿だから分かるんだ。本気で恋愛しようか迷っている顔だ」

この青年の恐ろしいところは、政治経済には興味も知識も全くないくせに、人の感情をあっさり見抜いてしまう点にかけては天賦の才を持っている点だ。

隠したところで、自分でも意識していない深層心理を口にされるだけだと友人になってから何度も思い知らされているランスは、あっさりと認める。

「私はどうやら、昴を愛してしまったらしい。だが正直な所、恐《こわ》くもある」

「恋愛にスリルはつきものさ。ランスは今まで思い通りにやってきたから、意外性のあるスバルに出会ってペースを乱されているだけだろ。悪い事じゃない」

ソファに半ば寝そべるようにして座ったダニエルはランスの部下が運んできたワインを当然のように受け取り飲み干す。

「一つ聞きたいんだけれど、恋人になってもなかなか甘えてこない相手を落とすにはどうすればいい？　単純に甘え方が分からないだけなのかもしれないが……」

「お前、悪い馬鹿になるつもりか？」

呆れたようにダニエルが鋭く遮る。

「それはお前が自分で考える事だ。そりゃ俺はランスが知りたい答えを言えるけれど、教えてもらうものじゃないぜ」

常に馬鹿な遊びをしているダニエルが、珍しく真摯な表情で諭す。

「たまには本気になってみるのも、楽しいんじゃないか？」

「お前は遊んでばかりでも楽しんでいるじゃないか」

当然と言わんばかりの態度で、ダニエルが自分で足したワイングラスを口に運ぶ。そして大げさに、首を横に振る。

「分かってないな。本気で遊ぶのが俺のモットーだ。お前みたいな、上辺だけの恋愛とは違うぜ。遊び人の真似事《まねごと》ばかりじゃ、つまらないぞ」

遊び人に説教されるとは思ってもいなかったランスだが、彼の言うことは尤もだと頷くしかない。

――つまり、恋というものは楽しいが、同時に難しいと言う事だな。

ランスなりに納得し、再びパソコンへ視線を落とす。既にダニエルはボトルを一本開けており、スバルが居ないのならばここに用はないといった様子で立ち上がる。

「そうだ、スバルはどうするんだ？」

「来週いったんイギリスへ戻る。その際に、連れて行くつもりだよ」

「無理を言って、困らせるなよ。強引に連れて出ていい場合と、そうでない場合があるのを忘れるな」

スバルに会いたかったなぁ、と呟きながらダニエルが入って来た時と同じようにさっさと出て行く。

「私が間違うわけがない」

閉まったドアに向かい、ランスは少し不機嫌そうに呟いた。

教授から借りていた本の返却期限が近い事を昨夜思い出した昴は、数日ぶりに自宅のマンションに帰宅した。

通いの家政婦には掃除だけ頼んであるので、室内は埃《ほこり》一つない。

慣れてしまった孤独の空間に一人でいると、ランスと過ごす甘い時間が本当に夢だと錯覚しそうになる。

——でも、どっちも現実。へんなの。

昨夜、ランスの求めを断ったのは、何も今日の予定を優先したのが理由の全てではない。まだ両手で足りるほどしかセックスをしていないのに、昴の体は快楽に対して抗えなくなっていた。

与えられる愛撫を貪り、少し前まで性的な経験が皆無といっていいほどだったのに、今ではランスに指示されるまま腰を振ってしまう。

——今度は、お尻の締め付け方を勉強しようなんて言ってたけれど、本気かな？

余りにランスが嬉しそうに求めてくるから、昴も本心では断りづらいのだ。初めて昴は、自分の表情が乏しいことに感謝さえしている。でなければランスの些細《ささい》な言動に赤面したり微笑んだりしてしまい、うざったいと思われていただろう。

あくまで自分は、日本限定での恋人だ。それを弁《わきま》えねばと意識しているのに、うまくいかない。

へんな事を考えたせいか、腰骨の辺りがじんと疼いた。昴は慌てて頭を横に振り、恥ずかしい想像を振り払う。

リビングのテーブルへ視線を向けると、家政婦からの定期連絡の手帳と、博次が置いていったメモ用紙が目に留まる。

——特になにもなし。あ……博次は忙しそう。

八坂家の親戚が、次の国会選挙に立候補すると話は聞いていた。博次はその準備でかかりきりの叔父に代わり、会社を指揮しているらしい。

近々正式に会社を継がせるという話も聞いていたから、今が良い準備の機会だと叔父も考えたのだろう。

進むべき道が明確な形である博次と、自分の境遇を考えてみる。

自分も院に進むことは決まっているけれど、ランスからの誘いに心が揺れていないわけではない。ただ曖昧《あいまい》な関係を続けた状態で、彼の通訳として正式に採用されるのもどうかと思う。

ランスの気分次第で、解雇される可能性だってあるのだ。万が一の時は博次を頼れば仕事の斡旋《あっせん》はしてくれるだろう。でもそれでは甘えすぎていると思うし、博次だって内心迷惑と思うに違いない。

翻訳のバイト程度ならこれまでと変わらないけれど、ランスが認めてくれたような通訳の仕事となれば、社会人として正式に通訳登録をする必要も出てくる。

八坂の家に引き取られてから家族同然に生活してきたからこそ、迷惑をかけたくない気持ちが強いのだ。

いい加減にランスとの関係を博次に話して、将来のことを考えなくてはならない。けれどこんな時に言い出せば、心労で倒れる可能性もある。

教授に借りた洋書をバッグに詰めながら悩んでいると、チャイムの音が響いた。

「誰だろう?」

このマンションに出入りするのは、叔父の一家と家政婦だけだ。

彼らにはエントランスの暗証番号と合い鍵を渡してあるので、わざわざチャイムを鳴らしたりはしない。宅配なら外にある個別のボックスに配送される仕組みになっているので、昴は怪訝に思いつつ壁に取り付けられたモニターを表示に切り替えた。

マンションの入り口には、須和ともう一人の見知らぬ初老の男が立っていた。

――須和さんと、誰だろう?

「はい」

マイクで返答すると、いくらかほっとした顔で初老の男が口を開く。

「突然お邪魔をして申し訳ありません。私、須和コンサルタントの専属弁護士をしている井《い》上《の》《うえ》と申します。本日は折り入って、お話がございまして社長と出向いた次第です」

白髪の目立つえびす顔の男が、隣に立つ須和へ視線を送る。須和は会議の時のような鋭い雰囲気はなく、穏やかな微笑を浮かべて深々と頭を下げた。

「先日の非礼をお詫びしたいと思いまして。それと、八坂和夫様のご親族がこの度ご出馬されると聞いて、是非お知らせしたいことがあるんです」

「僕は、関係ないです」

「そうおっしゃらずに。お話はすぐにすみますから、お時間を頂けないでしょうか」

「……分かりました」

自分一人だけの事であれば、昴は須和の訪問など無視した。しかし叔父の名前と、それに選挙がかかわっていると仄《ほの》めかされ心に不安が生じる。

――話なら、叔父さんの所へいけばいいのに。

叔父の親族は代々続く名士の家系だと聞いていたが、昴からすれば血縁関係はないに等しいしこれまで会ったことすらない。

ロックを解除して、二人をエントランスに入れ、昴の部屋がある三階まで上がるように告げる。

程なくして、二人の靴音が聞こえてきたので昴は玄関のドアを開けた。

「本当にすみません。本来なら、先にご連絡を差し上げるべきなのでしょうが……」

「ずっとアクロイド氏の所にいたから、連絡が取れないのは当然です」

頭を下げる須和と井上をリビングに通し、ソファへ座るように促す。

「すぐに戻らないといけないから、お構いできませんよ」

「ええ、私共も長居をするつもりはございません」

弁護士だと言った井上が、身分を証明するように名刺を差し出した。

それには登録番号や法務部所属である事も記載されている。八坂家も数人の専属弁護士を雇っているので、彼らと顔を合わせる事もあった昴はそれが本物の名刺だとすぐに理解した。

しかし何故今になって、須和が法務の部長を直々《じきじき》に連れて来たのか疑問に思う。

「では時間も迫っている事ですし、単刀直入に申し上げます。実は市野瀬君に、我が社の専属通訳として就職してもらえないか打診に来たんですよ」

打診、と言いつつも、須和の口調はかなり高圧的だ。

「僕は院への進学が決まってます」

「ええ、存じてます。それと、アクロイド氏の元で、公にはできない特別な通訳として働いている事も」

　意味深な言い回しに、昴は僅かに眉を顰めた。

「社長、私たちはあくまで交渉に来たのですから落ち着いて下さい。ええと、市野瀬さん。本題に入りましょう。君の両親の事ですが、少し調べさせてもらいました」

　ゆったりとした口調で、井上が割って入る。細い目が更に細くなり、昴とはまた違った意味で感情が読み取れなくなる。

「お二人が事故死する半年前、某銀行で横領事件が発覚し新聞にも取り上げられたことは聞いてますか？」

　唐突な質問の意味が分からず、昴は正直に首を横に振る。当時は幼かったので、単純に事故だと叔父から説明を受けている。

　物事が冷静に考えられる年齢になってから、改めて事故の状況を説明されたが、道路整備の欠陥が原因で起こった事故と教えられた。幸いなことに他人を巻き込むことはなく、裁判でもミラーの不設置や道の手抜き工事が原因で、両親に責任はないと判決も出ている。

　井上は落ち着いた動作で、抱えていた鞄から分厚い紙の束を取り出しテーブルに置いた。

「犯人は不明。となっていますが、正式には上層部の意向で捜査が打ち切られています。理由は横領金が回収されたことと、財界に顔が利《き》く八坂家が尽力したからです」

「どういう意味ですか？」

「君のご両親には、多額の生命保険がかけられていました。もうおわかりでしょう」

「あの、本当に意味が分かりません」

するとすが須和が、大げさに室内をゆっくりと見回す。

「このマンションも、ご両親が残されたものだと聞いています。保険金や遺族補償。普通の事故なら考えられない金額が、あなたの口座に振り込まれました。君は世間を知らないから当然だと考えているようだけれど、一般的に見ればかなりの大金だ」

「……つまり、僕の両親が横領犯で……逃げる途中で、事故死したって言いたいんですか？」

侮辱にも程がある。確かに父は若くして外資系銀行の日本支店長だったと聞いていたが、あの事故の事で誹謗《ひぼう》された記憶はない。

むしろ昴にしてみれば、あの日を境に更に殻へ引きこもってしまった自分を非難する心ない遠縁の親族の暴言の方が心に残っている。

「流石に、子供まで巻き込むつもりはなかったようですね。場所も偶然とは言え国の整備不良が指摘されていた場所だったのも都合が良かった。完全な事故として処理された。銀行側としても、自社の醜聞を表沙汰にされず済んだと喜んだことでしょう」

昴は耐えきれず、テーブルを叩き、須和を睨《にら》み付けた。

「あの日、僕だけを置いていったのは、キャンプのテントを買って僕を驚かせるつもりで……それで！」

感情の起伏が少なく、他人との関わりを好まなかった自分を両親は酷く心配してくれた。あの日もわざわざ叔父の家に昴を預け、サプライズとしてテントを買ってくる予定だったと聞いている。

事実、車にはキャンプ用品一式が積まれていたと、警察の調書にもあったのだ。

「本当に信じているのかい？　無理もないか——子供に真実など聞かせられないだろうからね。もっとも、事故を起こして保険金が入らなければ会社は訴える寸前だったんだよ」

「詳しい内容は、こちらの書類に纏めてあります。まあ、単なる横領問題だけでしたら多少マスコミにも出たでしょうが、あの時も丁度選挙と時期が重なってましてね。それで八坂家が躍起になってもみ消したというのが顚末《てんまつ》です。君が何不自由なく暮らしているのも、余計な詮索をされないために、八坂の一族が手を回したお陰なんですよ」

静かだが、口を挟む余地を与えず捲《まく》し立てられ昴は呆然《ぼうぜん》とする。

——嘘。じゃあ、僕を引き取ってくれたのも、選挙のため？

違うと思いたいけれど、井上は容赦なく事実を突きつけていく。

「社会的には忘れ去られた事件ですが、こういった過去の遺物を喜ぶ方々も存在するんですよ。例えば、ライバル候補なんかにこの情報が流れたらどうなるか……」

「叔父さん達には、関係ありません」

「しかし世間は違います。それも犯人は逃亡したままとされている、未解決事件。時効でも真実が暴かれれば、注目は集まります。あるいは、民事で訴える連中がでてくる可能性だってある」

相手の言うことは、一々もっともで反論ができない。口を噤《つぐ》んだ昴に、今度は須和が声をかけた。

「君が決断をしなければ、彼らは厄介な事になる。八坂家は当選確実とされているが、スキャンダルでどうにでもなるんだよ」

つまりは、両親の横領事件を盾に須和は昴の入社を迫っているのだとやっと理解した。

「アクロイド氏は遊び人だと有名だが、ゴシップ紙に書かれるような市野瀬君が側にいては、流石に迷惑するだけだろう。彼はこれから、日本でも金融系の会社を立ち上げるそうだからね」

八坂家だけではなく、ランスにも多大な迷惑がかかると言われ、昴は青ざめた。いくらお遊びで会社を経営しているといっても、大きな損害を出せば一族から責められるのは否めない。

大富豪の一族がどういった方法で責任を取らせるのかなんて想像もつかないけれど、ランスが窮地に立たされることだけは想像がつく。

「君の能力は高く評価している。それと、付加価値もね。君は無駄口を叩《たた》かないから、こちらとしても使い勝手がいい。ベッドで我が社の内情を話すような真似はしないだろう」

「ベッド？」

「外国人の男色家向けの接待係として、君を雇う。会話ができず、愛想笑いばかりの相手より、話の通じる相手を抱きたがる客もいるんだ。万が一逃げたりすれば、八坂家に迷惑がかかるのは分かるね？」

通訳とは建前で、顧客に淫らな行為をしろと須和は言っているのだ。拒否しようとする昴を制するように、須和が冷たい笑みを浮かべて言い放つ。

「あのアクロイドに散々仕込まれたのだろう？　会話も数ヶ国語は十分できるようだし、いい品物を手に入れた。私との取引を断ったことを、あの男にも後悔させるには君を使うのが一番早いようだからね。ついでに八坂にも恩が売れそうなのは、予想外だったよ」

「では、私共はこれで失礼します。書類に不明な点があれば、いつでも名刺の番号に連絡してください」

呆然とする昴を残して、井上と須和が席を立つ。そして昴の背後に回ると、耳元に囁きかける。

「突然姿を消せば、八坂家が探すだろう。自然な自立を装って、うまく逃げろ。二週間待ってやる。しかしすぐに客を取らせるのは勿体ないな、そういった趣味はないが君なら犯しても楽しめそうだ」

ねっとりとした吐息から逃れたかったが、ショックと恐怖で体が動かない。

ドアが閉まる音で我に返った昴は、どうしてよいのか分からず呆然と書類の束を見つめていた。

膨大な資料を捲《めく》りながらも、昴の目はどこか遠くを見つめていた。両親が事故死した日と同じだと、昴は思い出す。

当時の記憶は、曖昧だ。しっかり脳裏に焼き付いているのは、『行ってくるね』と笑って手を振った両親の笑顔だけ。

葬儀には出たらしいが、現実を受け止められない幼い心は、その記憶をほぼ消し去ってしまった。

その後も、八坂の家で四日間も食事を取らず泣き続けていたことを昴は朧気《おぼろげ》だが覚えている。

納骨から一週間ほどして、やっと昴は今までの時間が戻って来ないということだけは理解した。

その感情は今にして思えば、絶望に近かったと分かる。

——これ以上、みんなに迷惑はかけられない。

自分に罪はないと、頭では理解している。法律に詳しくないけれど、両親の罪を昴が償わなければならない理由は皆無だ。

けれど須和の言うとおり、マスコミは生き残った昴を格好の題材として書き立てるだろう。そうなれば世間の目は、親族である八坂家にも向けられる。

最悪の場合、八坂家も横領に荷担したと面白おかしく騒がれる可能性もあった。

時折視界に飛び込んでくる、『横領』『保険金』と際立つように印字された文字が昴の思考から冷静な判断を奪っていく。

気がつくと、昴はマンションを出ていた。今日はホテルで仕事をしていると言っていたから、今から行って話をすれば夕方には戻れる。

——早く、お別れをしよう。

ランスは既に、出国手続を指示しているはずだ。

一時的な帰国なので、昴は観光扱いでも渡欧できるが、連絡は早めにした方が手間もかからないだろう。

恐らく八坂家は、正直に過去の件で迷惑がかかるから縁を切ると言っても引き留めるに違いない。

まだ混乱する頭では、説得できる自信がないのでまず冷静に話を聞いてくれそうなランス

から と考えたのだ。

ぼうっとしながら駅に向かって歩いていると、正面から派手な色の大きな四輪駆動車が近づいてきて、昴の横に停まる。

後部座席から降りてきて目の前に立ちふさがった目立つ赤毛の外国人に、通行人の視線が集まる。容姿もそうだが、水色のシャツにデザイン物の白いロングコートを羽織った姿は、芸能人かモデルとしか思えない。

目立つことの嫌いな昴は、突然の出来事に対応できず固まってしまう。するとがっしりとした体軀《たいく》の青年はやけに親しげな口調で話しかけてきた。

「久しぶりー、ランスが君に全然取り次いでくれなくてさ。勝手に調べて来たんだ」

聞き覚えのある英語訛《なま》りの日本語に、昴は小首を傾げる。けれど該当する相手は、思い出せない。

「……どなたかと間違ってませんか？」

「覚えてないの？　パーティーで会ったダニエルだよ。ほら、あの時の写真」

ポケットから出したスマートフォンを操作すると、ダニエルはにここと笑いながら自身の女装写真を表示してみせた。

衝撃的過ぎて女装した彼と目の前の人物が同じだと、昴の頭は認識しなかったらしい。暫く両方を眺めてから、やっと合点がいく。

「お久しぶりです。何のご用ですか?」

「遊びに行こうよ」

返答を聞く前に、ダニエルは昴の手を握っている。やはりランスの友人だと、変なところで感心する。

けれどもう、気さくな彼らの輪に自分は入れないと昴は分かっていた。

「無理です」

「どうして」

「……ダニエルさん達と僕とでは、住む世界が違いすぎます。迷惑をかけるだけになるから」

「一人だと、随分内気なんだね。それとも、俺たちのことは嫌い?」

身をかがめて視線を合わせたダニエルが子供にでも話しかけるように、優しく問いかけてくる。

「僕は、面白い人間じゃないんです」

「それでなにか、問題があるのかい?」

心底不思議そうに言うダニエルから、悪意もからかいも感じない。黙っていると、ダニエルが困ったように眉を顰めた。

「スバルはパーティーの時と違って、楽しそうに見えない」

「そうですか」

沈黙する昴に、ダニエルは気にした様子もなく明るく告げる。

「じゃあホテルまで送っていくよ。ランスの所にいくつもりだったんじゃないのか？」

何故自分の行動を予見しているのか驚きを隠せず、ダニエルを見上げた。

すると少し得意げに、ダニエルが胸を反らす。大げさなリアクションなのに、不思議と様になっている。

「君がマンションを出るのは、大学か八坂家か……あとはランスのホテルへ行くときだけだ。時間からしてランスの所だろう」

「どうして知ってるんですか？」

「君と遊びたいって執事に言ったら、調べてくれたんだ」

そういえば、彼も裕福な家の子息だったと今更思い出す。

「スバルに笑顔が戻ったら、地中海クルーズへ行こう。新しい客船を買ったんだ。もちろん、ランスやジョゼットも誘うよ」

こんな現実離れした話も、もう二度と聞けないのだ。ランスと出会ってから垣間見た世界が夢で、現実に戻るだけと考える。

「……みなさんには、二度と会えません」

「それは困った。俺もジョゼットも、君をもっと知りたいんだけれどね……自分の心に嘘をつくのは良くないよ」

何をどこまで知っているのか、ダニエルの口調からは窺えない。しかし昴を問い詰めるつもりはないようで、派手な赤い外車に昴を強引に押し込めると、ランスの滞在するホテルの名を運転手に告げる。

「あの、ええと。すみません」

「どうして謝るの？　遊べないのは残念だけど、送っていくことで君の役に立てるなら嬉しいよ」

「失礼な事、沢山言ったのに……」

「スバルは失礼とか面白くないとか言うけれど、俺にはよく分からないなあ」

彼と話していると、ランスの側に居るのとは別の意味で気持ちが楽になる。もし過去のことがなければ、自分の居場所を作ってもらえたかも知れない。

だが、それはもう無理なのだ。

ダニエルの車でホテルへ送ってもらった昴は、すぐにランスの秘書に彼と二人きりにして欲しいと頼んだ。

「浮かない顔をして、私と離れていたのが寂しかったのかい？」

「違います」

こんな時でさえ、可愛げのないことしか返せない自分が嫌になる。

言わなければいけない言葉は決めていたし、喉《のど》まで出かかっているのに体が震えてなかなか決心がつかない。

そんな昴の異変を察したランスが近づくが、咄嗟に昴は数歩下がって距離を作る。

「昴？」

困惑する声を聞いているだけで、胸が痛くなった。普段自信に満ちあふれた彼が、こんなふうに狼狽える様を見たくはない。

自分の身勝手な言動が、更にランスを混乱させると分かっていながら、昴は決定的な言葉を彼に伝えなくてはならない。

——言いたくない。

だが言わなければ、更なる不幸が彼や八坂家に降りかかる。それだけは何としてでも避けなくてはならない。

「今日で仕事は辞めます」

ランスの顔を見ているのが恐くて、昴は床に視線を落とした。

「解雇して下さい」

自分でも無機質だと思う声を、必死に作って振り絞る。俯いたまま絨毯《じゅうたん》を見つめていた昴の視界に、革靴の先が見えた。

今度は逃げる隙《すき》すら与えず、体がランスの腕に抱きしめられる。

「理由を教えてくれないか？　私が君に不愉快な思いをさせていたのなら謝罪するし、改善もする。だから……」

優しい人だと、昴は思った。

一ヶ月にも満たない期間だったけれど、彼は愛情を自分に注いでくれた。せめて彼が飽きるまでは、擬似的な恋人関係を続けるべきなのに、仕方ないとはいえ一方的に関係を絶とうとするのは契約違反にもなるだろう。

なのに彼は、昴の気持ちを案じるような物言いをしてくれる。

「一身上の都合です。一時帰国にも、同行しません……二度と、会うつもりもないです」

彼と出会って一緒に過ごした時間は、とても短い。けれど昴が生きてきた中で、一番濃密で幸せな時間だったと思う。

ランスのおかげで人を好きになる気持ちや将来のことを考えられるようになったし、感謝もしている。

けれどそんな話をしたところで、もう全ては無意味なのだ。

自己満足の感謝を口にしても、ランスを困らせるだけだろう。昴は尚も問いかけるランスに対して、頑《かたく》なに口を閉ざす。

「本心なのかい？　隠し事があるんだろう？」

宥めるように頭を撫で、必死に言葉を引き出そうとするランスに心が揺れる。けれど彼に両親の過去を打ち明けたところで、どうなる訳でもないだろう。

「……突然仕事を投げ出すなんて、怒ってますよね。違約金とか、直《す》ぐには用意できませんが、請求して下さい。必ず支払います」

「聞きたいのは、そういう事じゃない」

「僕が自由にできるのは、この体くらいです。ランスさんはこの体を気に入ってくれてますよね。よければ今日は、好きなように使ってください」

解雇されれば、ランスも昴の体を自由に抱くことはできなくなる。ならせめて、別れる前に全てを差し出そうと思ったのだ。

――怒ってるよね。殴られたり、するかな……でも仕方ないし。我慢しよう。

「君は、本気で……」

言葉に詰まるランスに、昴は無理矢理明るい声で答えた。

「ランスさんになら、何をされても平気です。約束を破った謝罪として、僕の体だけなんて不足しているのは承知してます。でも」

「言うな」

苦しげな声に顔を上げると、啄むように口づけられた。角度を変えて唇を合わせながら、ランスが問いかける。

「どうしても、辞めるんだね？」

「はい」

「本当に、それが望み？」

「――はい」

別れのキスとは思えないような甘い触れ合いに、心が張り裂けそうになる。悲しい問答を繰り返した後、ランスが一際深いキスをしてから名残惜しげに唇を離す。

「分かったよ。君の望みを叶えよう」

こんなに苦しげな彼の声を聞いたのは初めてで、昴は息を呑む。顔を見ようとしたけれど、ランスは昴の顔を胸に軽く押し付けて視線を合わせてくれない。

「駄目だよ昴。いま君の顔を見たら、私は酷い事をしてしまいそうなんだ。だからこのまま背を向けて、振り返らないで部屋を出るんだ。いいね？」

無言で頷くと、背に回されていた手が離れる。

昴は言いつけ通りランスに視線を向けないようにして体を反転させると、そのまま部屋を出た。

イギリスに帰国したランスだったが、どうしても昴の事が諦《あきら》めきれず予定を切りあげて二週間後には日本に戻っていた。

どちらにしろ、アジア方面に支社を造る予定があったので問題はない。ただ、ランスにしてみれば、初めて愛した相手を忘れることができず、未練がましく戻ったという事実の方がショックだった。

けれど昴に連絡をする理由を持たないランスは、どうしていいのか答えを見いだせずにいた。

前回滞在したホテルへ入ると、すぐに部屋付きのホテルマンがダニエルから預かったという手紙を渡しに来る。

――ダニエル？　……まだ日本にいたのか。

振られた事実を告げれば馬鹿にされるのが分かっていたので、あえて連絡手段を絶っていたのだ。

各国に恋人を持ち、遊び回っている彼がこれだけ長く日本に留まっているのを不思議に思い、ランスは電話を手に取り番号を押す。

するとワンコールもしないうちに、ダニエルの怒声が響いた。

「やっとかけてきたな。今までなにやってたんだ！」

「仕事が忙しくてね。遊び用の連絡は、全て切っていたんだよ」

「スバルは面白くなかった。お前はもっと面白くない。スバルをあんなふうに変えてしまったのは、お前だろう」

話を聞かないのは何時ものことだが、今回はやけにダニエルが焦っている。それに昴の名前を出されたのも気になった。

だが、別れたことは事実だ。今更プライドも恥も、構っていられない。追求されて余計な詮索をされる前に、ランスは吐き捨てるように言う。

「流石に生まれて初めて振られれば誰だって憔悴《しょうすい》する。私は昴に嫌われたんだ、これ以上、傷を抉《えぐ》るようなことはやめてくれ」

「そうか、そういう事か。スバルが沈んでいた理由が分かったぞ」

うんうんと勝手に頷くダニエルの声に苛立《いらだ》ちを覚えたが、文句を言う前に信じられない事を告げられランスは絶句する。

「お前に会いに行った日。その脚で俺はスバルに会いに行った。直接遊びに連れ出そうと思ってね。けれどスバルは、無理だと言った。今の話で、全部分かったぞ。あのスバルはどう見てもよくない表情をしてた」

「よくない？」

「ええと……お気に入りの宝石やドレスを、仕方なく手放すような感じって言えばいいか？本気でいらないって思ってないんだ。これだから、生半可な遊び人は駄目だね」

悪友の例えは、常に女性の行動が基準となる。本人は大真面目なのだが、普段は聞いていて呆れることが多い。けれど流石に今回は、ランスもダニエルの言わんとする意味を理解し唇を噛む。

——私は、昴の本心を理解していなかったと言う事か。

自分なりに、初めて他人の意見を尊重したと思い込んでいたランスは、ダニエルからの叱責と指摘に慌てた。

「普通はそこで引き留めるぞ！　どうして分からないんだ。早くスバルに連絡を取れ！　馬鹿野郎」

けれど、一度身を引いた自分が再び昴に連絡を取ったところで、受け入れてもらえるとは思えない。

あの時、昴から感じた意志の強さに負けて、自分から手を放したも同じなのだ。

「……いや、しかし……私はもう昴とは別れて」

「だからなんだ！　こんな時くらいしっかりしろ。元とは言え、アクロイド家の跡取り第一候補だろ！」

目を背けていた過去を突きつけられる。金だけを信じる家族に嫌気が差し、人間らしい感情を持った生き方がしたくてランスは家を離れた。

これまで何人もの恋人を持ったが、皆ランスの持つ地位や金が目当てで対等に関わろうとする者はいなかった。

ジョゼットやダニエルは数少ない理解者だけれど、あくまで彼らは友人の域から出ない。そんなランスの前に現れたのが、昴だった。

「スバルはとても悩んでいて様子もおかしかった！　こういう時こそ、支えるのが恋人だろう。俺は難しい事は分からないから、ジョゼットに見張るように頼んである」

「見張る？　なにがあったんだ？」

「知るかよ。けど俺の勘は当たるんだ」

支離滅裂だけれど、ダニエルが直感的に危機を察しているとやっとランスも理解する。単純に恋人同士が引き裂かれたということではなく、もっと別の問題が発生していると彼は言いたいのだ。

——ダニエルは確かに、仕事には全く興味を持たない。だが勘は当たる。

何をどうと説明ができないのが難点だけれど、彼の『勘』が外れたことはなかった。それにジョゼットも行動しているとなれば、昴の身に何かしらの危機が迫っているのは本当だろう。

「遊びも仕事も、直感が大切ってことか」

「格好つけてないで、慌てろ。いや、慌てている自分を自覚しろ。ランス！　お前は俺より頭がいいんだから、ちゃんと使え！」

「分かった。礼を言う、ダニエル」

「礼はいいから、今度スバルと遊ばせろよ。じゃあな」

勝手な要求を突きつけて、電話は切れた。ランスは少し迷ってから、まず八坂のオフィスに連絡を取る。

するとまず秘書が対応し、数分待たされてから昴の叔父である八坂が出た。

「お忙しい時に、申し訳ない」

「いえ、こちらも昴を預けてしまいすみません。お役に立っていればいいのですが」

暫《しば》しランスは、八坂の言う意味が分からず困惑する。

「——あの、昴とは……」

「少し前にメールがきたきりですよ。私も親戚の選挙にかり出されていまして、すっかりアクロイドさんに頼り切りで恐縮してます」

口調から察するに、八坂は本当に昴の現状を知らないようだ。詳しく聞くと、ランスが帰国を考え始めた数日前から政治情勢が不安定になり、突然国政選挙が発表されたのだ。その選挙に今回は、八坂の若手親族が初めて立候補するのだと八坂が続ける。

代々続く政治家の家系なので支持基盤は硬く当選はほぼ確実だが、なにせ新人と言う事もあって八坂も会社を息子の博次に任せて親戚の地元に行っていたのだ。

「では、昴は博次君にメールを？」

「いやどうでしょう。博次も慣れない社長業務で、こちらにも連絡を寄越さないんですよ」

嫌な予感が確実なものとなっていく。ランスは昴の件を適当に誤魔化して電話を切り、すぐに彼の住むマンションへ向かう。

——一体なにがあった、昴。

ジョゼットに見張らせたとダニエルは言っていたので、何か問題が起これば彼女が行動を起こしてるはずだ。

緊急に身の危険が迫っていなければ、昴はまだマンションに残っている。

色々と考えを巡らせながら、ランスは昴のマンションまで来ると、運転手にここで待つように言いエントランスに向かう。部屋の番号は聞いていたが、ロックの解除キーは持っていないので、昴を呼び出す。

すると暫くして、憔悴しきった声がスピーカーから聞こえてきた。

「ランスさん？　僕はもう辞めて……」

「いいから開けるんだ。開けなければ、マンションごと買い取って入る」

スマートフォンをカメラにかざし、所有する企業の番号を表示させる。ざっと見て数億程度の買い物だが、大して問題にはならないだろう。

「ランスさんならやりますよね……分かりました。僕の部屋は三階です、入って下さい」

エレベーターが来るまで待てず、オートロックが開いた途端ランスは階段を駆け上がった。

自分を知る者が見たら、あり得ない光景と思ったはずだ。

「昴」

「どうぞ、入って下さい」

食事をまともに取っていないのか、ただでさえ細い昴はすっかりやつれていた。なにかを諦めたような顔で力なく笑顔を作る姿が痛々しい。

中に入ると、確かに八坂の言っていた通り広すぎるリビングと、壁際に外国語の本が無造作に積まれているだけで、生活感は感じられない。

「お茶……ティーバッグしかなくて。お手伝いさんも断っちゃったから、汚れててごめんなさい」

ふらふらとキッチンに向かおうとする昴の腕を摑んで、ランスは引き留めた。

「いいから、座りなさい。最後に食事をしたのはいつだい？」

「ええと……昨日ですよ。きっと」

ケータリングの箱は置いてあったが、明らかに昨日消費したようには見えない。

——私はどうして、昴を手放そうだなんて考えてしまったんだ。

明らかに昴の様子は不安定で、水分すら取っているかも怪しい。触れる手には力がなく、体力も落ちているのか指先が酷く冷たい。

「君はこの家に、一人でいたのか」

「高校を卒業してからは、両親の残してくれたこのマンションに戻りました。今までと、なにも変わりませんよ」

表情の消えた昴の顔を見ていられなくて、ランスは華奢《きゃしゃ》な体を抱きしめる。

「君を一人にして、すまなかった」

両親を亡くし、八坂家から独立した昴はこの広い家に一人で住んでいたのだ。周囲からは怪訝な目で見られ友達もなく、やっと心を通わせた自分も、あっさりと別れを承諾した。

昴が何を考えているのか分からないが、このまま放っておいてはいけない事くらい分かる。

「……らんす、さん？」

たどたどしく紡がれる声に、ランスはいたたまれなくなる。体力も気力も、昴は限界に近いのだろう。

「昴、悪いが私も家事は全くできない。精々水を注ぐ程度だ」

「？」

「喉を潤したら、私の質問に答えて欲しい。いいね？」

反論する気力もないのか、昴は無表情のままこくりと頷いた。

ランスの元を辞めた昴は、すぐにマンションを引き払うつもりでいた。しかしここで、須和の言葉が行動を引き留める結果となる。

行き先も告げず引っ越しなどすれば、叔父は当然捜索願を出すはずだ。

夜逃げという知識もない昴は、本気で困ってしまったのである。そんな時、ダニエルから頼まれたと言ってジョゼットが連絡をしてきたのだ。

まさか須和に両親の過去を盾に脅されてるなどと相談できるはずもなく、誤魔化しつつ『自立のために、引っ越しをしたい』と話をした。

すると彼女は物件探しを引き受けてくれただけでなく、数日おきに昴の様子を見に来てさえくれた。

正直、両親と過ごしたこのマンションを引き払うのには抵抗があったし、ランスと別れたことにも未練はあった。

「……結局、今日までずるずると居座ってました。でも最後に、ランスさんの顔が見られてよかった」

コップの水を飲み干した昴は、隣り合ってソファに座ったランスにぺこりと頭を下げる。

これでもう、思い残すことはない。

「あとはジョゼットさんを頼って、個人向けのアパートに移ります。大学の卒論は終わってますし、問題ありません」

「それで君は、何処へ行く気だ」

「……それは……」

「須和か？」

弾《はじ》かれたように顔を上げると、やはりと言った様子でランスが首を横に振る。

「ダニエルもジョゼットも、君の様子がおかしいから妙な行動を取らないように見張っていたんだよ」

一呼吸置いて、ランスが続ける。

「私だけが、君の異変に気づけなかった」

「だって、ランスさんは分かるから。一生懸命隠したんですよ」

実際に、彼は来てくれた。

「迷惑かけたくないから、頑張って隠したのに……どうして……っ」

「また『迷惑』か。君が望んでくれるなら、私は世界中の何処からでも君の元へ戻るのに、どうしてそんな悲しい言葉で片付けようとする？」

「それは……」

もう隠しようもない。正直に告げて、ランスに諦めてもらうしか方法はない。

昴は床へ無造作に積んであった事故の資料と、両親の秘密を全て話した。途中で何度も嗚《お》咽《えつ》で途切れ、支離滅裂になったりもしたが、ランスは根気よく最後まで聞いてくれる。

「――だから僕は、両親の名誉と、叔父さんや……ランスさんに迷惑をかけないためにも、須和の元で働かないといけないんです」

「体を売れと言われても、従うつもりなのかい？」

「嫌です。ランスさん以外の人に触られるなんて。でも、他に方法がないから」

自分に、選択の余地などないのだ。これから一生、須和の会社を支える為に昴は文字通り身を捧げることになる。

話を聞き終えると、ランスは少し考え込んでから徐《おもむろ》に昴の手を取って立ち上がった。

「さてと、場所を移そう。私が訪ねてきたことを、須和に気づかれると面倒だからね」

「ランスさん、僕の話。聞いてました？」

「聞いてたよ。だから、君を攫《さら》う」

強引に部屋から連れ出され、マンションの外に停まっていた見慣れたリムジンへ乗せられる。

「……これって、誘拐ですよね？」

「なにか問題でもあるかい？　私は自分の失態で君を手放しそうになった事に、とても狼狽《ろうばい》しているんだよ。冷静な判断ができる筈がない」

真顔で非常識な理論を説かれ、昴も困惑する。

「それは、言い訳ですか」

「本心だよ」

言葉はまだ穏やかだけど、ランスの雰囲気が全く違う。

恐怖さえ感じて、昴は大人しく後部座席に座った。


昴の話を聞いて、腑《ふ》に落ちない点はいくつもあった。

その場で正してもよかったのだか、疲弊して冷静な判断力の欠けた昴を説得しても、聞く耳を持たないだろうと判断したのだ。

滞在しているホテルに戻ると、まずルームサービスで軽食を頼み昴に食事を済ませるように命じた。

様子の違うランスに怯《おび》えているのか、昴は何も言わずに従う。こんなふうに高圧的な態度で接したくなかったが、今はそんな悠長にしていられない。

昴がサンドイッチを食べている間に、ランスはダニエルに連絡を取り幾つかの頼み事をする。

多少の嫌味は言われたが、ダニエルは『どうせ自分がやる訳じゃないから』と、引き受けてくれた。

そして昴を待たせてある部屋に戻ると、考えていた事を話し始めた。

「須和の持ってきた書類だが、あれはでっち上げだろう。多分、私が融資の件を断ったから、逆恨みして君を狙《ねら》ったんだよ」

「だったら、一緒にいた弁護士は？」

「その弁護士を名乗った男は、本物だろう。須和は姑息《こそく》だが頭の回る男だ。上手く懐柔したか、弱みでも握って従わせている可能性が高い。それにね、私が一番気になったのは、八坂氏が嘘を言う人間とは思えないんだよ」

もしも本当に昴の両親が犯罪者なら、八坂家は選挙など手伝わないし相手も断るはずだ。遠縁だが、新聞にも載ったような犯罪者がいるとなれば、選挙は不利どころかライバルから格好の攻撃対象にされると説明する。

「そう……ですね」

食事をしていくらか落ち着きを取り戻したのか、昴も説明に納得する。

「私の方でも調べてみるよ。ダニエルにも頼んだから、今日中には何が真実か分かる」

「ダニエルさんに？」

「ああ見えて彼は、アメリカに拠点のある財閥の御曹司だ。世界中に知り合いがいて、大抵の事には顔が利くけれど、とにかく馬鹿で難しい事に全く興味がない」

酷い言い様だと自分でも思うが、真実なので仕方がない。

問題が起こった際は、ダニエルの名前を出せば大抵すぐに片が付く。どういう訳かダニエルはランスのことを兄のように慕っているので、頼み事は断られたことがないのだと説明した。

しかし昴はどうにも信じられないらしく、首を傾げている。

「昴がダニエルからもらったティアラだけれど。あれは某国の王女が所有していた物だよ。あれを換金すれば、数億が手に入る。須和から逃げることも簡単だ」

「そんな大切なものもらっちゃって、どうしよう」

「気にしなくていい。それより今は、須和への対処だ。本物の弁護士に書類を作らせているのなら、法に触れても逃げ切れる自信があるんだろう。厄介だな」

ランスもそれなりに人脈を持っているが、日本人の知り合いは少ない。迅速な情報が得られない以上、慎重に動かざるを得ないのだ。

「恐らく警察関係にも、須和の方が顔が利く。法的な処分は無理だろうな」

「じゃあ、やっぱり僕が……」

「いや。方法はあるよ。ああいった人間は、法律より人間関係や資金を絶って社会的に孤立させれば終わる」

純粋な昴の前で、汚い世界の話を詳しくするつもりはない。おおまかな説明だけをして、昴の反応を窺う。

幸い昴も、そういった事情に興味はないようで素直にランスの話だけを聞いていた。

「ただ、最初が肝心だ。少しでも逃げ道を残せば、あの男は君に渡した資料をマスコミに撒《ま》くだろう。そうなれば、八坂家に迷惑がかかるし、なにより君の身が心配だ」

それまで黙っていた昴が、急に顔を上げる。どこか思い詰めたような眼差《まなざ》しでランスを見つめてくる。

「ランスさん……一度は僕を辞めさせてくれたのに、どうして関わろうとするんです」

「それは」

「僕のことは遊びだって、理解してます。だから好きだなんて言ってても簡単に、別れたんですよね」

思いがけない言葉に面食らったが、昴の真意に気づいてランスは微笑む。自覚はしていないだろうけど、昴はあっさり手放されたことに怒りを覚えているのだ。

人との関わりを避けていた昴にどういった形でも執着されているのだと分かり、悪いと思いつつ笑みが浮かぶ。

「ランスさん。誤魔化さないで」

「すまない。君が私に執着してくれて嬉しかったんだ。ちょっと感傷的な昔話だけど、聞いてくれるかな?」

「はい……」

「私はね、家族と過ごした記憶が殆どないんだ」

親は政略結婚で生まれた子供に関心がなく、お金を稼いでくれれば一族として認められるような環境だった。

ランス自身は両親の血を引く子供だが、父も母も愛人がおり片方だけの血を引く兄弟は多くいる。

しかし実の兄弟でさえ、そんな親を問い詰めもせず『アクロイド家』という経済界のブランドを誇りに思い、日々金儲《かねもう》けに奔走しているのだ。

そんな家が嫌で、ランスはあえて本家を継ぐ権利を放棄し、遊びほうける不出来な息子を演じるようになったのだと話す。

けれど金目当ての人間に囲まれて育ったランスは、恋愛もまともに続かず人間関係を築くことができなかった。

「君は自分の欠点を直そうと努力していた。私は見ない振りをして、大切な君を失いかけた」

「そうだったんですか」

「改めて言う。昴、君を愛している。私は君を守り抜くと誓おう」

「嫌です。そんなの……」

きっぱりと拒絶され、ランスは自分のした失態の大きさに愕然《がくぜん》となった。けれど昴は、ランスの側に歩み寄ると、その腕を背に回す。

「僕だってあなたを支えたい。僕にできる事を教えて下さい」

華奢な体に、自分の方が支えられている気がした。

「もう馬鹿にされるのは嫌なんです。大人しくしていれば、無視されるだけで終わったのに……今回も同じようにしていたら両親を侮辱されただけじゃなくて、大切な人たちまで失うところだった」

震えているが、その声からは強い意志が感じ取れる。本当は関わらせずにおきたいが、言っても昴は聞かないだろう
「やはり君は、素敵だ。けれど笑っている表情を見たい」

「ランスさん……」

「私は君を愛している。ずっと、共にいたい」

ふわりと花が綻《ほころ》ぶように、やっと昴が微笑みを見せる。二度と曇らせまいと心に誓い、ランスは昴の額にキスを落とす。

「昴。私を信じてくれるかい？」

「勿論です」

健気な答えに、ランスは静かに頷いて見せた。

ランスに指示されたとおり、昴は須和の弁護士を通して就職を検討すると伝えた。確実な契約を迫られるかと思ったが、弱みを握っているという慢心があるせいか、須和側は口約束だけで了承してくれた。

ただし、三日後に行われる会議に、通訳として出るように要請されたのである。

――ランスさんの言うとおり、焦ってるのかな？

前に仕立ててもらったスーツを着て、昴は単身須和のオフィスへと向かう。ランスと一緒では一悶着起きるのは確実なので、先に昴は何も知らないふりをして会議室で待つことになっていた。

どうやら須和の商談相手はランスの知り合いらしく、コンタクトを取って後から二人で来る手はずになっている。

――大丈夫。ランスさんは来てくれる。

エレベーターを降り、受付嬢に名前を告げると社長室に行くよう言われた。

社長室に入るなり、須和が機嫌良く昴を出迎える。けれどその目はどんよりと濁り、以前よりもずっと陰湿な雰囲気が滲んでいた。

「来てくれると思っていたよ。今は忙しくて、採用書類の用意もできないんだ。今日の会議が終わり次第、正式に社員として登録するからよろしく頼むよ。昴君」

ねっとりとした視線で嬲《なぶ》るように見つめられ、昴は背筋に冷たい物が流れるのを感じる。

「……はい」

「物わかりがいいね。君には早速、今夜から仕事をしてもらう。すぐに君を嬲れないのは残念だが、接待が終わり次第私が直接具合を確かめる。顧客も私も楽しませる事ができなければ、残念だが両親の事を話さざるを得なくなるからね」

卑劣な脅しに、昴は唇を噛《か》んで耐えることしかできない。

――ランスさん……。

ここで逃げ出せば、全ては水の泡になる。どんな屈辱を受けても、昴は従順な態度を崩さず須和に頭を下げた。

「拙いですが、精一杯奉仕をします。だから、どうか両親の事は公表しないで下さい」

「いい心がけだ。今日から君の体は、私の管理下に置こう。常に立場を弁えていれば、上客だけの接待係にしてやってもいいぞ――そろそろ時間だ」

勝手な事を話しながら、須和が社長室を出た。廊下には先日会った井上と、数人の部下が控えていて、須和を先頭に歩き始める。

部下達は昴へあから様に蔑《さげす》んだ視線を向けはしても、話しかける者はいない。はっきりとではないが、昴の立場は知らされているのだろう。

「お待たせしました、ボヴァール様……」

会議室のドアを開けた須和は、取引相手の名を口にしたものの、呆気《あっけ》にとられた様子でもう一人の男を睨み付ける。ボヴァールと呼ばれた白髪の老人の横には、ランスが座っており、須和の顔が強ばった。

だが昴という切り札に安心しているのか、すぐに形だけの笑顔を作る。

「いやあ、お二人が知り合いだとは存じませんでした。しかし何故？」

いくら利益を見込める客とは言え、事前に連絡もなしに第三者を連れてくるのは非常識だ。須和も強く非難はしないが、困ったように眉を顰める。

『少々気になる話があってな。直接、君たちから聞こうと思って、アクロイドを連れてきた。勝手をしたことは詫びよう』

フランス語で話すボヴァールの言葉を、昴は咄嗟に訳す。一応、須和の部下に通訳はいたようだが、昴の方が格段に早い。

その様子にランスが苦笑するのが見えて、昴は唇を尖《とが》らせる。

——仕方ないでしょう。のろのろ訳されるのを見てるなんて時間の無駄なのに。

気持ちが伝わったのか、ランスの笑みが深くなる。ここが須和のオフィスでなければ、確実に文句を言っていた。

――全く、こんな時に……あ。

表向きは無表情だけれど、昴は怯える気持ちが薄らいだと気づく。わざとなのかそれとも素なのか、ともかくランスのお陰で冷静になれた。

「この際だからはっきり言おう。この会社は資金繰りに行き詰まっている。それに、資金提供や共同事業を持ちかける際に、セクハラをしているとの話も各所から出ている」

以前の会議で見せた穏やかな口調と違い、ランスが厳しい口調で須和を責め立てた。

日本語を理解していないとまだ思い込んでいた須和は、ランスの淀《よど》みない発音に一瞬焦りを見せる。

「なにを……事実無根ですよ。それにしても、日本語がお上手だ」

しかしすぐに、須和は普段通りの冷静な態度で反論する。そして、冷めた眼差しを昴へと向けた。

余程、用意した脅しの材料に自信があるのか須和は侮蔑を隠しもせず昴を見据《みす》える。けれどここで怯《ひる》めば、折角ランスが来てくれた意味がなくなってしまう。

両手を強く握りしめ、昴は須和をにらみ返した。

「いいえ。僕もこの人に脅されました。両親が横領してたって、嘘を言われて……無理矢理性的な接待をするように命令されているんです」

恐くて声が震えたけれど、昴は必死に訴える。ボヴァールの側には秘書兼通訳らしい男が居て、全てフランス語に訳しこの遣り取りを伝えていた。

「虚言ですね。市野瀬君が自分から申し出てくれた事で、我が社は一切関わりはありません。まさかとは思いますが、アクロイド氏がこんな茶番をもちかけたとか……うちとの契約が取れなかった、報復ですか？」

「違います。僕は本当に、この人から嘘を言われた」

「いい加減にしてください、市野瀬君。こんな時に、ご両親の話は持ち出したくないんですよ」

眼鏡《めがね》の奥から向けられる須和の視線は、明らかに見下したものだ。

「こちらも困っていたんです。一度白紙になった投資話なのに、未練がましくボヴァール氏の威光に縋りたいんですか？」

「黙れ！」

それまで落ち着いた雰囲気だったランスが怒りの感情を露わにし一喝したことで、須和は気圧《けお》されて口を噤む。

すると隣に座っていたボヴァールが、一触即発の空気など気にする風もなく、のんびりと告げた。

『ランスはそんな真似はせんよ。私は子供の頃から彼を知っておる。少なくとも、そんな手間のかかる小細工をして、仕事を潰《つぶ》すような性格じゃない。やるならもっと派手にやるぞ。

大体忘れたのか。わしに『女でも男でも、好みの相手を提供する』などと馬鹿な話を持ちかけたのはそっちじゃろう』

とんでもない事を笑いを交えて話すボヴァールに対して、初めに口を開いたのは須和だった。

「っ……アクロイド氏には、勘違いをしたことをお詫びします。ボヴァール氏に失礼な接待を申し出たのも、私の部下が勝手に手配した事です。どうか穏便に……」

「社長！」

「井上君。君が非常識な接待を提案したのだから、全ての責任は取ってもらう！　これで宜《よろ》しいですね、アクロイド様」

全ては部下がやったことにして、自身の責任を逃れるつもりのようだ。須和は必死にボヴァールとランスの機嫌を取ろうとし、土下座でもしそうな勢いで頭を下げる。

だが、時既に遅い。

「昴に持たせていた小型マイクで、お前の暴言は全てこちらに筒抜けだ。私のパートナーに、売春を強いた貴様を許すわけにはいかない」

「ランスさん」

まさか自分をパートナーだと、ランスが公言してくれるなんて思ってもみなかった。昴は気恥ずかしさと嬉しい気持ちが綯い交ぜになり、頬を染める。

唖然《あぜん》としている須和と彼の部下の間を、ボヴァールが通り、昴の側まで来るとその手を取った。

『ずっと遊び回っていたランスが、同性とはいえ一人の相手をここまで想って行動するのは初めてだのう』

『そうなんですね……』

『君はふらふらとしていたランスに、人並みの感情を呼び起こしてくれた。ありがとう』

この老人は同性同士の恋愛に寛容らしく、昴の手を握り微笑んでいる。そんな二人を無視して、須和が切り札と言わんばかりに、堂々と言い放つ。

「しかし、既に纏まったお話もありますが。その件はどうします。今更白紙にはできませんよ」

窮地に追い詰められても、まだ須和は諦めていないようで、井上から鞄をひったくると既にサインのされている書類を出す。しかし、ランスもボヴァールも動じない。

「いい加減に、自分の立場を自覚したらどうだ？　その契約が為《な》される前提となる資料は、嘘だらけだ。既に別のシンクタンクから、証拠の資料が届いている。虚偽の利益を見せて契約をしたことは、明らかだ」

その言葉に、ボヴァールも頷く。

『アクロイド家の情報網は、何より正確じゃ。私は彼を信じる。君の会社との取引は、全て白紙に戻す。言いたいことがあるなら、弁護士を通せ』

事実上の契約破棄に、須和の顔から血の気《け》が引いていく。

「この件は、欧州の財界にも広まっている。アクロイドとボヴァールが手を引いたとなれば、確実に他社も追随する。諦めるんだな」

実質これで、須和は財界から締め出される事になる。人脈と信用を失った投資家など、何処へ行っても見向きもされない。

完全に打つ手がなくなったと悟ったのか、須和が拳《こぶし》を握りしめ肩を震わせる。

「さて、これでもまだ、昴を脅迫するような真似をするのか？」

その言葉に逆上した須和が、突然ランスに殴りかかった。


一騒動が終わり二人は、昴のマンションに戻った。

——まさか、あんな事になるなんて。

力でランスに敵《かな》うわけもなく、あっさり須和は組み伏せられた。騒ぎに気づいた他の社員が駆けつけたが、ほぼ同時にランスとボヴァールの警護係が自分たちを守るように取り囲んだ。

一触即発の事態となったものの、自分たちが不利だといち早く気づいた弁護士の井上が、『社員に罪はないので、穏便に済ませたい』と申し入れ、結果として須和が全責任を取らされる形で収束したのである。

ただ孫のように可愛がっていたランスと、そのパートナーと紹介された昴を辱められた事にボヴァールの怒りは収まらず、会議室で小一時間ほど宥める羽目になった。

最終的にランスが『この国の法に触れない形で、須和の処分をお任せします』となにやら物騒な事を告げ、ボヴァールも承諾してくれた。

精細を聞く前にボヴァールが帰ってしまったので昴は何が行われるのかランスに尋ねたのだが、彼はいつもの柔らかな笑みで誤魔化すばかりで何も教えてくれない。

「井上さんも、須和に弱みを握られてるような事言ってたから。あんまり酷い事はしないようにお願いします」

「伝えておくよ。井上氏も、ある意味被害者だからね」

「それにしても、ボヴァールさんて、元気なお爺《じい》さんでしたね。ランスさんのこと『やんちゃ坊主だけどよろしく』なんて言ってたけど、ご親戚ですか？」

去り際に言われた言葉を告げると、何故かランスが悲しげな表情になった。聞いてはいけないことだったのかと昴が謝罪する前に、ランスがぽつぽつと話し出す。

「あの人も私と似たような境遇で、家族とはもう何年も会っていないんだよ。私はまだ家を継ぐと決められていた頃、取引先として彼の家に招待されたんだ。それ以来、乗馬を教えてもらって実の祖父のように接してくれている」

だからあんなにも怒ったのかと、昴も納得する。

その上、ボヴァール自身の性的指向は、ノーマルだと教えられ昴は驚く。なんでも、気ままに恋人を作るランスを案じ、真剣に悩んでいたのだという。

最近ではランスを窘めてくれるのならば、性別は問わないから身を固めなさいと泣かれたらしい。

——そんなに、遊び人なんだ。

確かに、贔屓目《ひいきめ》を抜きにしてもランスの容姿は素敵だ。絵画からそのまま出てきたような、金髪碧眼《へきがん》にくわえ、気品もある。

老若男女問わず言い寄られると言われても、納得がいく。

「今度、改めてお礼を言いに行こう。フランス郊外の城に住んでいるんだが、使用人より馬が多いんだ。彼の牧場は、壮観だよ」

昴の抱える悲しみと、ランスやボヴァールの置かれた境遇のどちらが辛いかなんて、比べられない。

ひとつだけ分かるのは、それぞれに喪失してしまったものが大きいという事だ。

——悲しいから、もういいやって投げ出すのは簡単。

これまで自分は、喪失から抜け出す『ふり』をしていただけだ。他人と関わりを避けることで、二度と失う悲しみを覚えないように壁を作っていた。

そして周囲も、そんな昴から理由は違えど、一歩引いていた。それは望んだ結果だから、相手を恨む気持ちはない。

けれどランスと出会って、適応能力のない自分でも居場所があるのだと知ったのだ。

「昴かわってくれないか？」

どこかに電話をかけたらしいランスから、いきなりスマートフォンを手渡される。

「昴です」

告げると、聞こえてきたのは憔悴した博次の声だった。

『なにもできなくて、すまなかった』

「謝る事、ないよ」

『アクロイドさんが、好きなんだろう？』

「うん」

全て見透かされたと知り、昴は耳を赤くする。

昔からこの従兄は、昴を見守ってくれていたのだ。些細な変化を、見逃す筈《はず》がない。

『昴が選んだ道だ。間違ってるはずがない。俺は応援するよ……ただ親父《おやじ》には、昴とアクロイドさんの二人で報告すること。これはけじめだ』

「はい」

『とにかく、昴が無事でよかった』

電話を切ると、ランスが事情を説明してくれる。

「彼には須和側が選挙のことで妨害をしてこないか、見張っててもらったんだ」

だから一番に首を突っ込んできそうな博次が何もしなかったのかと、納得がいく。

結局、なにもかもランスに頼り、彼のお陰で丸く収まった。

——ランスさんがいなかったら、僕は今頃須和のいいように使われてた。

これで全て、終わったのだ。

正確には、自分がするべき事は何もなくなっただけで、こまかな法律面での処分はランスに任せることとなる。

せめてもの救いは、彼の部下と会社に罪はないとボヴァールが認識し、博次にランスとの関係を認められた事だ。

緊張が解けた昴の体から、力が抜ける。

床にへたり込んでしまいそうになる寸前でランスが抱き留め、ソファに運んでくれた。

「すみません」

急に脚が震えだし、昴はランスの胸に縋った。愛しい人に強く抱きしめられているけれど、なにか物足りない。

——側に居るのに。もっとランスさんを感じたい。

口にして良い物か迷っていると、唐突にランスが質問を投げかける。

「どうして正直に、話をしてくれなかった？　そんなに信用がないのか？」

「困らせたくなかったから」

「君と離れている間、どれだけ私が苦しんだか分かるか？」

ソファに座ったランスの膝に向き合う形で座らされ、碧い目に見つめられる。小柄な昴は彼の膝に乗っても、やっとランスと視線の高さが同じになった程度だ。

「分かりません」

「恋人を信じず苦しめたんだ、償いはしてくれるね？」

涙目で頷く昴に、ランスが意地悪く笑う。

「さてと、何を命じようかな」

嘘を鵜呑《うの》みにして、ランスに嘘までついた自分を怒っているのだ。

きっと酷い扱いをされるのだろうけど、それは自分が悪いから仕方がない。

——嫌われて突き放されるより、どんな形でもランスさんの側にいたい。

「着ている物を全て脱ぐんだ」

「……はい」

まだ明るい室内で恥じらいながら、昴はランスに支えられながらスーツもスラックスも床に脱ぎ捨て一糸まとわぬ姿になる。

「良くできたね、偉いよ昴。それじゃあ私のものを、君の指で愛撫しなさい。上手にできなかったら、口を使う。苦しくても奉仕するんだよ」

ランスの言葉に、昴は羞恥の余り目の前がくらくらと揺れた。

一度だけ、ランスに口淫されたことはあったが、あの時も昴は恥ずかしくて射精の瞬間気を失ってしまった程だ。

指で触れるだけでも、彼の雄を傷つけてしまわないか恐くて、なかなか前を寛《くつろ》げる事ができない。

「無理そうだね。これじゃ口淫も難しいかな」

――呆れられた。

ずっとランスにばかり愛撫されていたので、愛する技巧はまだ拙い。

どうすれば良いのか分からないけれど、このままではランスに『不必要』だと烙印を押されてしまう。邪魔者扱いされるのは慣れていた筈なのに、彼に捨てられる事を想像しただけで涙がこみ上げてくる。

そんな恐怖に駆られた昴は、必死の想いでランスに懇願した。

「ランス、さん」

嫌われ、拒絶を恐れる余り声も体も震えが止まらない。

「こんなこと……お願いできる立場じゃないのは分かってます。でも……」

「昴？」

「嫌いにならないで。愛人でいいから……側にいさせて」

ランスが仕事を切りあげて戻ってきてくれなかったら、自分はどうなっていたか分からない。

なのに、マンションを訪ねてきてくれたランスを疑ってしまった自分は、最低だと昴は思う。

「愛してるって言ってくれたのに、僕はランスさんを疑いました。呆れられて当然です」

素直な気持ちを告げたのに、ランスの表情は次第に困惑の色を深めていく。それだけ自分は、ランスを不愉快にさせてしまったのだ。

「愛人が無理だったら、道具でもいいです。ランスさんが好きなときに、僕を使って下さい。やれって言うならセックスの勉強もします」

「いや、昴……私は君から、そんな言葉を聞きたかった訳じゃないんだよ」

気まずそうに慌てるランスを、昴はきょとんとして見つめる。

「君を追い詰めるつもりじゃないんだよ。愛する君に、冗談の加減すらできない私はダニエルの言うとおり馬鹿だ」

けれど昴は、ランスの言葉に疑問で返す。

「あ、い？　僕を、愛してるなんて嘘でしょう。パートナーだって言ってくれたのも、ボヴァールさんに怒ってもらう為のお芝居じゃないんですか」

「どうして信じてくれないんだ？」

「だって……遊びでセックスしていた時の方が、優しかった」

正直な気持ちを言っただけなのに、ランスは黙り込んでしまった。

――やっぱり僕は、会話ができないんだ。大好きなランスさんを困らせてしまって……っ。

いきなりきつく抱きすくめられ、昴は息を詰める。

「君を遊びで抱いたことはないよ」

「……だって、気に入ったら誰とでもセックスするって知ってます……だから日本にいる間の相手をしてるだけだと思って……」

恋心を伝えてランスを困らせたくないから、従順に抱かれていたのだと昴は続けた。話すうちに、どうしてか涙が零れて止まらなくなる。

「私は取り返しのつかない過ちをしたまま、君を抱いていたんだね。すまない」

言われて初めて、昴は自分の心が酷く傷ついていたと知る。けれどランスを責めるつもりはなく、彼の胸にそっと顔を寄せた。

「じゃあ、初めから遊びじゃなかったんですね」

「もちろんだ」

「良かった」

こんなに幸福な気持ちになったのは、初めてだ。昴は涙を拭くことも忘れて、ランスに微笑みを向けた。

「ランス……」

「二度と離さないよ」

「私に対して不安や不満があるなら、言ってくれないかな?」

「いいえ。愛されてるって分かったから、平気です……ぁ、っ」

背筋にそってランスの指が下へ降り、後孔に触れる。ランスの脚を跨《また》ぐように座っているので、奥まった入り口は無防備だ。

久しぶりに触れられ、昴は思わず腰を浮かせる。

「待って、そんな急に」

「昴のここは、嫌がっていないようだけど?」

ランスとベッドを共にした回数は、そう多くない。だが彼の与える愛撫は濃厚で、昴の体は短期間ですっかり彼に慣らされてしまっていた。

基本的に淡泊なのでランスと離れていた間は疼《うず》く事もなかったのに、軽く縁を撫でられただけで体の芯が甘い痺れを思い出す。

「やっ……あ」

「ほら、解れてきた」

「ああっ」

指の先が入り込み、中を掻き混ぜる。

――体が、ランスの……思い出してる……。

「膝をついて、少し腰を上げると奥まで入るよ。そう良い子だね。もう少し私の側に寄って……」

このまま性器を挿入するつもりだと分かる。昴は戸惑いを隠せない。

「え、あ……だって。セックスは、ベッドでするものでしょう？　それに、ランスさんの服、汚れる」

「昴、必ずベッドで抱き合わないといけない決まりはないいんだよ。服も気にしなくていい、後で換えを届けさせるからね」

「う……でも」

「だって君も、待ちきれないだろう」

片手でスラックスを寛げると、勃《た》ち上がったランスの雄が内股に触れる。久しぶりに感じる熱に、どうしても期待してしまう自分がいた。

「欲しくないのかな？」

問いかけに、昴は首を横に振る。そして自分から、先走りの滲む先端に、入り口をあてがった。

──我慢、できない。

淫らな欲求に支配された体が、ランスの雄を銜え込んでいく。流石に昴だけでは覚束ないので、腰はランスに支えてもらうしかない。

けれど自分から受け入れるという恥ずかしい行為に羞恥が勝り、途中で動けなくなった。

「ランス……ランス、助けて。恐いのに、気持ちいい……」

「君はとても素直で可愛い。そんな良い子には、ご褒美をあげないとね」

力を抜いてと囁かれ、耳たぶをやんわりと噛まれた。不意打ちの刺激に昴の膝から力が抜けたが、支えてくれるはずの彼の手は離れてしまう。

「っ……ひ、あぁっ」

自重で一気に貫かれた形になった昴は、そのまま射精した。慣らされた体は敏感に反応し、雄を銜え込んだまま痙攣を繰り返す。

──服、汚れて……あ、ランスのも……びくってなった。

「なかに、出す?……」

既に下半身は昴の放った蜜で濡れているが、もしランスも出せば更に汚すことになる。

「そうだよ。全て君が受け止めてくれればいい」

あっさり中出し宣言をされて、下半身が再び熱を帯びた。

「愛してるよ、昴」

こくりと頷くと、少し意地悪な笑みが返される。

「もっと君からの告白を聞きたいな。昴がイく時の、可愛い声で聞きたいね」

恥ずかしい頼み事に、流石に躊躇《ちゅうちょ》してしまう。けれどランスの方が、一枚上手だった。

「私も出すときに、言うから。これならいいよね」

「……僕だけじゃないなら……んっ」

淫らな約束が成立すると、直ぐにランスが昴の腰を掻き混ぜるように揺らした。それだけで昴は、軽く達してしまう。

「す、きっ……」

「いい声だ」

「あ、ぁ……ランス、も」

今にも射精しそうなのに、ランスは昴を悦ばせる事に集中して、なかなか射精しない。一方昴は奥を抉るように突かれる度、甘ったるい声で愛の告白を続ける。

「あ……すき、ランス……大好きっ」

両手足をランスの体に絡みつかせ、彼の思うままに突き上げられ揺すられる。

「ランス……らん…す……愛してる……」

「昴……私だけの可愛い昴。二度と離さないよ、愛してる」

動きが激しくなり、昴はその瞬間が近い事を知る。

「ひ、っ……ランス……す…き……」

体の奥に熱が注がれる。射精される間も、昴は深い快楽を味わい掠《かす》れる声で健気に愛を囁く。

――久しぶりだから、体が喜びすぎて……痙攣がとまらない。っ……。

僅かに残った理性が、違和感を昴に警告する。すっかり忘れていたが、ランスが一度放っただけで終わったことはない。

これ以上明るいリビングで淫らな行為に耽《ふけ》るのは、よくないと思う。

「ランス、さん。ベッドに、行きたい」

「今抜いてもいいのかな?」

僅かに雄が引き抜かれると、内壁が名残惜しげに吸い付き引き留めるみたいに蠢く。

「やっ」

「それに君の中も、足りないと言っているよ」

はしたない体の反応に昴が頬を赤らめると、ランスが何度も口づけてくれる。

「折角、射精をしなくてもイけるようになったんだ。もっと淫らな君を見たい」

昴は達した直後にもかかわらず、ランスの迸《ほとばし》りをうけて感じていたことを指摘され息を飲む。

「僕、後ろだけで……？」

「ちゃんとイっていたよ。前よりも、ずっと敏感だった——吸い付いて震えて、私の精液を全部飲んでくれたね」

繋がった状態で縁を僅かに広げられると、収めていた精液が零れるのが分かる。

——いや、零したくない。

無意識に後孔を締めると、その動きでランスが硬さを取り戻していくのが分かり頰を染める。

「中がまだ、震えて、っあ……ランス……」

広げられたことで空気が入り込んだのか、泡立つような音が体内から響いてくる。

「まって、ランス」

「私にキスをするみたいに奥が吸い付いて来るね。駄目だな、もっと君を貪りたいよ」

ランスはベッドに移動する時間も勿体ないとでもいうように、昴をソファへ横たえる。一瞬、雄がずるりと半ばまで抜けて、咄嗟に昴はランスの腕を摑む。

「抜かないで」

とてつもなく恥ずかしい懇願を口にしたと気づいたときには、全てが遅かった。

滑る音を立てて、再び張り詰めた雄が肉を押し広げて激しく突き上げる。

「このまま抜かないで、何度でも君の中に出そう。昴の体は外も内側も、私に染められてしまうんだよ」

「だって……あんなに出されたら、誰だって……んっ…そこ、だめ……すき」

入り口から奥まで満遍なく蹂躙《じゅうりん》され、指の先まで蕩《とろ》けてしまったような錯覚に陥る。

「昴の中がとろとろだ」

「——僕の全部、ランスのものに……なるんですね」

「ああ。君は私の恋人で、将来は伴侶になるんだよ」

恋人として抱かれているという事実が嬉しくて、昴は泣きながら微笑んだ。

「嬉しい、です」

「君が素直で、私も嬉しいよ」

視線を絡ませたまま唇を合わせ、優しく微笑む。

「や、待って」

「辛かったかな？」

「いえ。少し動いただけで、体が」

身じろいだだけで上り詰めそうになる。

「あ、まって……腰……びくって……」

思わずランスの背に爪を立ててしまい、昴は慌てて謝った。

「ごめ、なさい」

「子猫にじゃれられたくらいじゃ、私は怒ったりしない」

「……子猫」

「まだ君が足りないよ、昴」

からかわれたと思った昴が頬を膨らませると、ランスが笑いながら額や手にキスを降らせた。

「何度抱いても、満足できないなんて初めてだ」

「あっぁ…ランス。愛してる」

「もっと淫らな姿を、私に見せて」

まだ埋められない気持ちがあるけれど、こんなに求めてくれるランスの存在が嬉しい。昴は終わらない快楽の中で、何度も愛を告げる。

「愛してます、ランス……大好き」

「私も、愛してる」

蕩けるようなキスを交わしながら、二人は離れていた時間を取り戻すように互いを愛し続けた。

数日後、昴は博次との約束を果たすために、ランスと共に叔父の会社に出向いた。

須和の会社と揉《も》めた顚末は博次から聞いていたようだが、二人の関係までは聞かされておらず、なんとも形容しがたい表情になってしまう。

亡くなった両親の代わりとしてずっと見守ってきた昴が、突然顧客の、それも男と一緒になりたいなどと言い出せば困るのも当然と言える。

「お忙しい時に、すみません」

「いや、選挙は無事に終わったからね。私の仕事は大してないから構わないんだが」

須和が脅しの材料として使った選挙は無事に親戚が当選した。念のため、新聞や雑誌社へ昴の両親が事件を起こしたという噂が持ち込まれていないか、ダニエルの人脈を通じて探ってもらったが、それらしき話は全く出ていないとの事だった。

「今までお世話になりました。叔父さんには、返しきれないくらい恩があるのに……こんなご報告で驚かせてしまって」

「しかし、昴がアクロイドさんと……まあ、若い人のプライベートに、年寄りが口出しするのはやめよう。昴が自分で選んだ道だ。私がどうこう言う事でもない」

選挙が終わったので、今度は博次が社長になる引き継ぎか始まるのだと叔父が言う。

恐らく叔父としては、選挙より引き継ぎの方が忙しくなる。その前に聞けて良かったと最後には二人を祝福してくれた。

「八坂氏には、頭が上がらないな」

「ええ」

また日を改めて報告に来る事を約束して、二人はランスの滞在するホテルに戻る。昴のマンションでも良かったのだが、二人きりと言う事もあって隙があればランスが求めてくるのに呆れた昴が、ホテルに戻るよう説得したのである。

――演じてるって言ってたけど、好き勝手してるのは絶対本性だ。

そんな文句を言ったところでランスは嫌味にも取らないだろうから、あえて口にはしない。

「――それでね昴。正式採用の件なんだけれど。これが契約内容だ」

部屋に戻るなり、秘書に用意させていたらしい書類をさしだしてくるが、昴は受け取らない。愕然とするランスに、昴は物怖じせず気持ちを告げる。

「僕は仕事をするための知識がまだ足りません。ランスさんの横に堂々と立てるようになるまで待って下さい」

「え、話が違うじゃないか」

「考えた結果です。これから叔父に頼んで、通訳として正式に仕事をこなして実績を作りたいんです」

「けど君は十分能力もあるし……」

「経験は不十分です。せめて三年は、ランスさんの専属でなく仕事をして、通訳としての技巧を身につけたいんです」

いくら語学ができて、ランスの言う『能力』が突出していても、実際の現場でどれだけ通用するかはやってみなくては分からない。

——本当はランスさんの側に居たいけど、それは甘えにしかならない。

次第に不機嫌な表情になっていくランスに、構わず昴は主張する。

「誇りを持って、仕事をしたいんです。折角両親の心遣いをランスさんが思い出させてくれたから、僕はそれを無意味にしたくない」

何度も考え直せと言ってくれなかったら、自分は院に進み、研究と称して人と関わらない人生を選んでいた。

その道を、全く違う方向に変えてくれたランスに礼がしたいのだ。

「半年に一度くらいは、フランスへ行きます。だから許可して下さい」

それまで無言になっていたランスが、重々しい口調で告げる。

「来る必要はないよ」

——やっぱり、体の関係がないとだめなのかな。

所詮《しょせん》自分の持っている最大の価値は、体なのだ。悲しくなって唇を噛むと、ランスが両手で昴の頬を包み触れるだけのキスをする。

「君は私の側で働いて、何も学ばなかったのかな?」

「へ?」

話が見えず頓狂な声を上げた昴は、もう一度口づけられた。

整いすぎている顔に至近距離で見つめられると、見慣れていても頬が熱くなるのを感じる。

「今の君は、通訳として十分に通用するよ。だから私の元にいるべきだ」

「お世辞はいりません」

自分の能力は、きちんと把握しているつもりだ。多少は人より語学に関して知識はあるけれど、ランスがべた誉めするほどの実力は持っていない。

「大体、八坂氏の会社は国内の仕事に限定されているから、君の望むような国際的に通じる会話力は身につきにくい。私の側に居れば、一年で十年分の経験を積めるよ。嘘だと思うなら、秘書達に聞いてみればいい。全員頷くよ」

つまりランスは、無理難題を出すと昴に宣言している訳だ。どうもランスの持論で、人材育成は『勉強より、多少強引でも実戦第一』という事らしい。

「君と初めて会ったとき、私は『仕事はしなくて良い』と言った。甘えるだけの性格だったら、君は私の言葉に従い、なにもしなかったはずだよね」

「でも、僕は今の家を出たくありません」

昴が日本を離れがたいのは、なにも勉強のことだけではない。両親のお墓と残してくれたマンションには思い出が詰まっている。生涯ランスについていくと決断するには、まだ気持ちの整理が必要だ。

「それは困ったね。私は君を離したくないし、側に居ないと生きていけない」

「大げさです」

「本当だよ。今君と離れたら、胸が張り裂けてどうにかなってしまう」

芝居めいた台詞《せりふ》だけど、ランスは大真面目だ。

そこまで言われると、昴も悩んでしまう。互いの妥協点はどの辺りかと考えていると、突然ランスが名案を思いついたらしくスマートフォンを手に取った。

「ちょっと電話をするから、待ってて」

「はい」

唐突な思いつきは何時ものことなので、特に詮索せずに昴は彼がどこかに指示を出す姿を眺めていた。

だが、ランスの口から飛び出した発案に、流石の昴も呆気にとられる。

『アジア方面の拠点となる会社を立ち上げる計画だが、日本で進める。他の案は白紙に戻してくれ——資金？　ああ、ならそのまま進めてくれ』

会話を終えると、ランスは柔らかな笑顔を昴へ向ける。

「やはり君は、私に幸運を運ぶ天使に違いない。拠点を日本に絞ったことで、各地にしていた無駄な投資を切り捨てることができた。損害が十億程度で収まったのは想定外だよ」

にこやかに話してはいるが、つまりこれまでつぎ込んだ資金の全てが水の泡になったのだ。その原因はどう考えても自分にある。

——十億って言ってたけれど……。程度って金額じゃないよね？

想像しようとしたけれど、億なんて単位のお金を見たことも触ったこともない昴にはむりだった。

「ランス、さん？　十億捨てるって事ですよね。本気？」

「これで君の側に居られるなら、安いものだろう」

「あなたは馬鹿です」

涙目で頬を膨らませる昴を、ランスは笑顔で抱きしめた。

「他の男に、その可愛い泣き顔を見せたらいけないよ」

「見せません！」

「それなら、良かった」

子供っぽいランスの独占欲に、昴は笑ってしまう。自分も周囲からは浮いた存在として見られているけれど、ランスはそんな枠にも当てはまらない。

「君はやっぱり、笑顔が一番可愛い。愛してるよ、昴」

言葉よりも伝えたい

午前、五時。

甘い微睡《まどろ》みに沈んでいた昴《すばる》は、下半身の違和感に気づいてぱちりと瞼《まぶた》をあけた。

「――ランス……んっ」

「朝だよ、昴」

「知ってます……ぁっ……」

寝起きは悪くないと自負していた昴だが、ランスがマンションへ泊まっていく事が多くなってからは格段に良くなった。というか、良くならなければ非常に問題のある事態に陥っている。

「暴れないで。落ちてしまうよ」

シングルのベッドに無理矢理二人で寝ているから、少し動くと落ちそうになるのは当然だ。そんな理屈を言い訳にして、ランスは昴を抱き枕のようにして眠るようになったのだけれど、深く考えもせず許したのが全ての間違いだった。

「ランス、さんがっ……やらしい、事……ひっ……しなければ、おちない」

背後から抱きしめてくるランスも自分も裸のままで、更に昴に至っては数時間前まで愛された名残《なごり》が肌に残っている。そして後孔には、反り返ったランスの雄が半ばまで挿入されてしまっていた。

ローション付きのコンドームを付けているので、昴がいくら抵抗してもベッドから出ない限り全てランスの思うままにされてしまう。

明け方に繰り広げられる淫《みだ》らな攻防で勝つには、ランスの挙動を察して逃げ出すしかない。だが寝起きが良くなっているにもかかわらず、逃げ出せる確率は確実に減っていた。

「あっ」

滑る感触と共に、太い雄が完全に挿入された。

「今日も私の勝ちだね、昴」

両足をぴたりと閉じているのに、昴の後孔は雄を根元近くまで受け入れてしまう。

――コンドーム、使わせたの失敗だった。

以前リビングで抱かれた時に、二人の零《こぼ》した精液でソファが汚れてしまった。布地だったのも災いし、結局ソファは買い換えることになってしまったのである。ソファ自体は両親の死後に買いそろえた物だったから深い思い入れこそなかったけれど、セックスで家具を汚したという事実に少なからず昴はショックを受けた。

それ以後、ランスには『マンションで抱き合う時は、ベッド。コンドームも付けること』を約束させた。

しかし現状を冷静に考えてみれば、全て裏目にしか出ていない。

「待って！」

動こうとするランスの気配に気づき、昴は咄嗟《とっさ》に制止の声を上げた。前はまだ萎《な》えているけれど、内側は昨夜《ゆうべ》の余韻が残っている。少し動かれただけでも、射精をしないで達してしまうだろう。

――あれ、恥ずかしいし……なかなか収まらないから。

すっかりランスの手管で快楽を教え込まれた体は、射精せずに上り詰める快感を覚えてしまった。

『痛む？　ごめんね』

「す、少し……そんな、辛《つら》くないから。気にしないで」

焦りを含んだランスの声に、少しだけ罪悪感を覚えてしまう。

了解も取らず、勝手に始めたのはランスなのだから怒ってもいいのだけれど、どうも彼に謝罪されると強く出られない。

特にランスが焦ったり慌てたりした時、咄嗟に母国語で話す声に弱いと昴は最近になって気がついた。

『よかった。君をずっと抱いていたいけど、苦しませるのは私の本意ではないからね』

背後から右の耳に、ランスの声と息がかかる。

それだけで腰の奥が、じんと疼《うず》いた。

――ランスさんが一番綺麗《きれい》なのは英語の発音だけど、フランス語も少し癖があって好き。声に深みがあるから、日本の古典を朗読したらきっと素敵だろうな……。

これまで昴にとって、言語はたまたま性に合った学問という認識だけだった。それを将来の仕事として考えるように意識させてくれたランスには、とても感謝している。

特にビジネス通訳を完璧に習得するために、ランスの部下達に手伝ってもらい専門用語だけでなく様々な国の発音も勉強しているのだが、改めて聞き比べるとやはりランスの発音が誰よりも綺麗なのだ。

『昴……昴――』

名を呼ぶ声にぼうっと聞き入ってしまった昴は、突然首筋を緩く嚙《か》まれて嬌声を上げた。

「んっ、ぁ」

『昴。その様子なら、もういいよね?』

「なにが……ああっ」

腰を突き上げられて、昴は軽く達してしまう。

激しい動きのできない体位だけれど、両足を閉じているせいでランスの雄を自然に強く締め付ける形になっている。

力を入れなくても雄を喰《く》い締めているのと変わりないので、些細《ささい》な律動だけで昴の体には甘い刺激が走り抜けるのだ。

『悦いみたいだね。昨夜は長く愛しすぎたから、感度が鈍ってないか心配だったけれど……君に言われたとおり馴染《なじ》ませて正解だったね』

——そんなつもりじゃなかったのに！

ゴムに付着している潤滑剤があったとはいえ、確かに体は違和感なく受け入れられた。ランスが勘違いをしてしまうのも、仕方ないだろう。

『射精しないで何回イけるか、試してみようか？　それとも、沢山《たくさん》我慢して一番気持ちよくなってからイく？　私はどちらでも、かまわないよ』

優しい声音で卑猥な提案をするランスに、昴は真っ赤になって口を噤《つぐ》む。それは決して嫌だという意思表示ではなく、もっと淫らな要求をしてしまいそうな自分を止めるための沈黙だった。

『それじゃあ昴の体が蕩《とろ》けてしまうまで可愛がって、我慢できなくなったら一緒にいこう。私は昴に合わせるから、昴が我慢できなくなったら合図してね。あ、声に出してくれないと、分からないからはっきり言うんだよ』

「や、ランス……いやぁっ……あ……」

普段よりも狭い内壁を、ランスの雄がゆっくりと擦《こす》り始める。

焦《じ》らされて喘《あえ》ぐ昴は何度も上り詰めそうになるけれど、その度にランスの律動は止まり中途半端な絶頂しか得られない。

「あ、あっ……前、さわるの、や……手、だめっ」

勃《た》ち上がった中心からは蜜が溢《あふ》れ、それをランスの指がすくい取り鈴口へ塗り込めるように愛撫する。かと思えば今度は乳首を弄《いじ》り、散々に弄《もてあそ》ぶ。

「ふ……は、ぁ……ランス……」

『もう昴の全身が、性感帯だよ。昴はベッドを共にする度に、綺麗になっていくね。これからもっと、綺麗になるよ』

綺麗なんて誉《ほ》め言葉は、これまで昴にとって何の意味ももたなかった。むしろ嫉妬や余計な諍《いさか》いを呼び込むだけのものでしかない面倒な言葉だ。

なのにランスにそう言われると、素直に嬉しいと思う自分がいる。

自分の全てを受け入れ、愛してくれる人がいるという幸せ。

——……とっても幸せ……なんだけど。

びくびくと背が反り、昴は寸止めに近い状態を持続させられる。これ以上焦らされたら、酷《ひど》く淫らな言葉で懇願してしまうのは明らかだ。

「……ランス、お願い」

『昴、お願い事は言わないと伝わらないよ』

——意地悪！

ランスに悪意がないのは分かるが、それだけに最悪だ。怒ればランスは本気で反省し、暫《しばら》くは昴に不埒《ふらち》な悪戯《いたずら》を仕掛けることもないだろう。

けれどそれは、昴の本意ではない。

なにより、この甘くて綺麗な囁《ささや》きが聞けなくなるのは嫌だった。

「いか、せて」

『その前に、コンドームはどうする？　中に生で出す方が、きっと気持ちがいいよ』

「それでいいから、早く……やっ」

ずるりと雄が引き抜かれ、喪失感に涙ぐんでしまう。けれどすぐ、昴の目尻から快楽の涙がこぼれ落ちた。

薄い避妊具がないだけなのに、擦られて生じる甘い痺《しび》れは先程とは比べものにならない。

「あっぁ、ランス……ランス、好きっ」

『昴はそのまま、私の方に体を寄せて——そう、上手だよ』

一気に奥まで突き込まれた雄に、全身が歓喜して震えた。粘膜が雄に絡みつき、強く締め付ける。

「っ——ランス、ど、して……終わらないっ……あっ…ぅ」

多少は収まるはずなのに、全身が火照《ほて》ったまま痙攣《けいれん》が治まらない。怯《おび》える昴をランスが抱きしめ、甘く諭す。

『長くイけるようになっただけだから、心配しないでね。ちゃんと最後まで、気持ちよくしてあげるよ』

「ぁ、あ……ランスっ」

きゅっと後孔が窄《すぼ》まった瞬間、ランスが奥を小突く。昴は嬌声も上げられず、連続する絶頂の波に呑まれた。

『愛してるよ昴』

「っ……ん」

体の中に、ランスの精液が大量に注がれる。その間も、昴の体は感じ入ったままだ。

——僕のからだ……まだ、おわらない。精液、出ないのに……中でまた、いく。

快感は強すぎて恐《こわ》い位なのに、心は不思議と落ち着いている。

それはランスに抱きしめられているせいだと気づいて、昴は胸と腰に回されている彼の腕に手を重ねた。

「らん……す……」

『可愛い声を掠《かす》れさせてしまったようだね。どうも私は、君を抱くと理性が鈍るみたいだ。

……ああ、答えなくていいよ、体が落ち着くまで、楽にして』

柔らかく綺麗な発音で囁かれる言葉は、昴の意識を搦《から》め捕る。

——もっとしっかりしないと、駄目なんだろうけど……。

快感の余韻に浸ったまま、昴は二度目の眠りへと落ちていった。

「僕の事は大丈夫です。ホテルに戻って仕事をして下さい」

「ベッドから一人で起きられない君を置いて出かけるなんて、できるわけないよ」

そうしてくれた本人は、本気で心配しているからたちが悪い。原因が自分だと分かっているようだが、昴が求める反省の態度からはほど遠かった。

こんな遣《や》り取りを、もう三十分近く続けている。

早朝の情事の後、昴が目覚めたときには既《すで》に時刻は昼近くになっていた。てっきりランスはホテルに戻ったと思っていたのだが、昴が起きた気配を察して文字通り寝室へ飛び込んできた。

その手には、恐らく部下に届けさせたと思われるプリンの入った箱とワインのボトル。いくら喉《のど》が渇いていても流石《さすが》にワインは辛かったので、冷蔵庫にストックしておいたペットボトルの紅茶を持ってきてもらった。

それが三十分前の出来事である。

自分が目を覚ませば仕事に戻ると思っていたのだけれど、ランスは一向に部屋から出て行く素振りを見せない。昴が三つ目のプリンを食べ終わると、ベッドの端に座り窺《うかが》うように顔を覗《のぞ》き込んできた。

そしてランスは『今日は仕事なんてしないで、側《そば》に居るからね』と真顔で言ったのだ。

スーツではなく、ラフなシャツに普段使いのスラックスを着ていた時点で、仕事をする気がないと気づくべきだったがもう遅い。

「ランスさんが仕事ができない人を演じているのは理解してます。でもこんな事で、秘書さん達に迷惑をかけるのは……」

「こんな事？　昴の一大事なのに？」

「全部、ランスさんが悪いんですよ」

「分かってるよ。ごめんね、昴」

謝罪しながら何故かランスは昴に口づけてくる。

誤魔化す気なのかとも思うが、視線を合わせると碧眼《へきがん》が真っ直《ます》ぐに見返してくるのでわざとやっているようでもないらしい。

――これがランスさんの自然体って事なのか。

「昴の唇は甘いね」

「プリンを食べた後だから」

「でも甘いよ。昴の甘さだね」

何度も抱き合って、言葉も交わしているのにやっぱり上手《うま》く意思疎通がはかれていない気がする。それでも彼と話をしているのは楽しいし、ランスも同じだと言ってくれる。

——人を好きになるって、こういう事なのかな。

他人との距離が上手く摑《つか》めない昴にとって、ランスの存在は特別だ。博次《ひろつぐ》も様子を見に来る度に、『昴が明るくなって良かった』と喜んでくれている。

けれどやっぱり、不真面目《ふまじめ》すぎるランスの行動は最近目に余るのだ。

「ランスさん、今日の事で思ったんですけど。今の状況は不経済です」

「どうして？」

「ランスさんがうちに泊まっている日も、ホテルの料金はかかるわけですよね。いくらお金があるからといって、無駄遣いは感心しません」

「じゃあ昴が毎日ホテルに来ればいいんだよ」

「嫌です。僕にも予定がありますから」

ランスが日本で滞在しているホテルは、外資系の中でもトップクラスのものだ。ランスはスイートがあるフロアを自分と直属の秘書用、その下の階を社員や警護の担当者用として借り切っている。

よくよく聞けば、日本に連れてくる社員の数が少なくても、同じように借り切ると知らされ頭を抱えた。

おまけに今は、一番高額な部屋を使用するランスがほぼ昴のマンションに入り浸っている状態なのだ。

「もう少し、経費を減らしてもいいんじゃないですか？　ウイークリーマンションとか、滞在可能なオフィスの方が、使い勝手がいいでしょう。最近は、高級志向の物件もあるし」

彼が度を超した金持ちというのは分かっているから、庶民の戯《ざ》れ言《ごと》と一蹴されるのを覚悟で言ってみた。しかし意外な事に、ランスは真面目な顔で考え始める。

「確かに、一々借りるのは面倒だね」

少々視点ははずれたが、昴の言い分は理解したらしい。だがほっと胸をなで下ろしたのもつかの間、斜め上を行く発言が飛び出す。

「昴の言うとおり、ホテルも買い取ろう」

――僕はそんな事、言ってない。それと……なんだろう、引っかかる。

ランスは今、『ホテルも』と言った。

気にはなったけれど、とりあえず昴はホテルの件に関して質問した。

「買い取るって……そんな簡単に、買い取れるものなんですか？」

「少なくとも、君が住んでるこのマンションより簡単だよ」

ここでどうしてマンションの話になるのか分からず、昴は小首を傾《かし》げる。そして一つの事に思い当たった。

須和《すわ》との一件が終わってからも、暫く昴は混乱していて両親の事実無根の話が何処まで広められたかの確認などは、全てランスに任せきりになっていた。そんな中、彼の部下達は夜中まで忙しくしていたと記憶している。

ランスの部下達が有能なのは昴も知っているので、どうしてゴシップの確認にそこまで時間をかけるのか不思議に思っていたのだ。

「……あの、まさか。このマンション、全部買ったんですか？」

「君が手放したくないと聞いたから、直ぐに部下を向かわせたんだよ。そうしたら権利の関係で揉《も》めてたから、相手の提示した金額を出して買い取っただけさ。あのままだと、下手《へた》をすれば新しい管理会社がマンションを潰《つぶ》してしまいそうだったからね」

恩をきせるわけでもなく、ランスはいつもの甘い笑顔で昴に告げる。

「買ったものの、蓋《ふた》を開けてみたらマンションは管理会社と土地所有者の間で、相続やらなにやら所有権を巡って滅茶苦茶でね。その手続きが予想外に手間取ったんだよ。博次君にも頼んで、日本の法律家を紹介してもらったり……まあ、終わったことだよ」

全て部下に命じたのだろうけど、他の重要な仕事を止めてまでマンションの取引を優先させたと昴も薄々分かる。それは多少なりとも、アクロイド家の資産運用にはマイナスに働いた事だろう。

それは部下を統括するランスに責任があるとされ、昴の知らないところで糾弾された筈《はず》だ。

「ごめんなさい」

「どうして謝るんだい？」

心底分からないといった様子のランスに、昴は項垂《うなだ》れる。自分の一言で、彼は親族から暫く嫌味を言われるに違いない。

「だって、お金……ランスさんの、アクロイド家での立場も悪くなる」

マンションの規模自体は小さいが、都心で立地も悪くない。最近耐震工事を終えたばかりなので、資産価値もそれなりに上がっている。

それを土地ごと買い取ったのなら、とんでもない金額になる。

「些細《ささい》な事だよ。それより書類関係が面倒だったね。珍しく二週間ほどかかったんだ。でもあのホテルなら、金額さえ折り合えばすぐに買えるよ」

何故か自信満々のランスに、昴は嫌な予感を覚えた。

「どうしてです？」

「持ち主がダニエルなんだよ。金額より、サイン一つで買える方が楽でいいだろう」

つまりランスにしてみれば、面倒な書類より金で解決できる方がずっと気楽でいいらしい。

「あの……僕が気にしてた、経費の意味。分かってます？」

「分かってるよ。そうだ、スイートルームは私と昴好みの調度品を揃《そろ》えよう。買い取ったら好きに模様替えをしていいよ」

——話が通じてない。

昴としては、なにもホテルの買収を勧めたかったわけではない。

でもランスの出す答えは違う。

誰も被害を被《こうむ》らない行き違いだけど、ここまで相違が重なると自分の恋心が本当に伝わっているのかと、余計な不安が頭をもたげてくる。

「言葉って、難しい」

スマートフォンを片手に、指示のメールを打ち始めたランスは、幸い昴の呟《つぶや》きは聞こえていなかったようだ。

初めて彼と仕事をしたときから、彼の無茶苦茶な方針は散々痛感したと思っていたが、あれは序の口だったらしい。

——やっぱり慣れない。ランスさんの事は好きだけど、一緒にやっていけるかな。

一抹の不安を抱えて、昴は内心ため息をついた。


須和の件が無事に片付き、やっと昴との仲を深められると考えていたランスだが、思いがけない壁にぶつかっていた。

ベッドの横に椅子を置き、昴の寝顔を眺めつつ時折スマートフォンに送られて来る部下からのメールに目を通す。

――気持ちは同じなのに、分からない。

多少強引に抱いてしまうこともあるけれど、互いに愛し合っているとランスは自惚《うぬぼ》れでなく事実として考えている。なのにどうしても、自分と昴とでは考え方にかなりの相違があるようだ。

これまで恋愛の真似事《まねごと》をしてきた相手と昴とでは、全く違うのは分かっていた。昴は金や地位で気持ちが揺れるような性格ではなく、しっかりとした自我を持っている。

対人関係に関して自信がないのが問題点だが、それは環境が変われば自然と直るとランスは考えているし、事実以前よりも昴は初対面の相手に身構えなくなっていた。

しかし問題は、自分との関係だ。

いくらランスが昴を喜ばせようとしても、何かが間違ってしまうらしい。

――昴が眠る前に話をした、マンションとホテル買収の件、決定打になった気がするな。

あれからすぐに部下から連絡が入り、ホテルの所有者であるダニエルが取引に応じ、あっさり契約が済んでしまった。ランスにとってそれは些細な買い物だったのだけれど、昴はそれを聞くと『疲れたから寝ます』と言って、本当に眠ってしまった。

「気を悪くした様子では、ないみたいだけど……」

すやすやと寝息を立てる昴は、年齢よりずっと幼い。普段は無表情なのに、眠っている横顔は微笑《ほほえ》んでいるようにも見える。

繊細で、己ばかりを責めてしまう恋人を純粋に喜ばせたいとランスは思う。プリンが好きだと分かったけれど、毎日では飽きるはずだ。

かといって、お金や貴金属にも興味がない。送った服も『勿体《もったい》ない』という理由で、未《いま》だにクローゼットへ入れられたままなのだ。

そして分かっていても気になるのは、昴の話し方だった。丁寧《ていねい》だけど、素《そ》っ気《け》ない。感情的になれば饒舌《じょうぜつ》になるのは分かったが、その後で自己嫌悪に陥る昴も見ているから複雑だった。

キスもセックスも相性はよく、基本的に拒まれない。

――なのに、気持ちが通じないって思ってしまうのはどういう事なのかな？

眠る昴を起こさないように、優しく髪を撫《な》でる。さらさらとした黒髪が指の間から零れていく感触と、気持ちがすり抜ける錯覚が重なる。こんなふうに、感傷的な想いを抱いたのも初めての経験でランスは苦笑する。

「恋というのは、難しいものだね」

答えない恋人の唇を、指先でなぞる。言葉だけでも、触れ合うだけでも恋愛は成立しないのだとランスは初めて知った。

次に昴が目を覚ましたときには、既に夜の九時を回っていた。一日を眠って過ごしたという事実に、愕然《がくぜん》とする。

そしてやっぱり原因の人物は、柔らかく微笑んで昴によく分からない挨拶《あいさつ》をする。

「おはよう」

「……夜です」

「じゃあ、こんばんは。食事はホテルのシェフを呼んで作らせた和食だけど、それでよかったかな？」

「は？」

「昴がよく寝てたから、料理は冷蔵庫に入れてあるよ。シェフはもう帰っているし、テーブルセッティングもしてあるから昴が食べたくなったら食事にしようね」

価値観の違いに、昴は頭を抱えた。

「いつものケータリングでいいのに」

するとランスが、がっくりと肩を落とす。最近、彼の様子がなんとなくおかしいと思っていたが、自信の塊《かたまり》のような人が酷く気落ちする姿を目の当《ま》たりにして昴は驚いてしまう。

「私は君を、喜ばせることができないみたいだね」

「いえ、あの。僕には勿体ないって思って。嬉しいですよ」

ケータリングだって、そこそこの値段はしても昴のバイト代で捻出できる金額だ。けれどホテルからシェフまで呼んで作らせるなんてことをすれば、恐らく一ヶ月間真面目に翻訳の仕事をして得られる給料と同じくらいになるだろう。

施されているとか、そこまで卑下した考えはないけれど自宅にいる時くらいはこれまで通りの生活をしていたいと思っただけなのだ。そう説明しようと口を開きかけると、先にランスの方が話し出す。

「昴、私は慕ってくれる相手に好意を示すには、プレゼントをすればいいと教えられてきたんだ。でも君にはそれが通じない。どうしたらいいのか考えたら、辛くなってしまったんだよ」

全てを聞いてはいないけれど、彼の立場を考えれば尤《もっと》もだと思う。住む世界が違う上に、ランスは更に歪《ゆが》んだ家庭で育ったのだ。

「僕の方こそ、ランスさんの気持ちを考えられなくてごめんなさい。あの……僕はランスさんが一緒に居てくれるだけで、十分なんですよ。だから考え込まないでください。ただその、本当にお願いしてもいいなら……」

「欲しい物があるんだね！　何でも言っていいんだよ」

それまでの落ち込みが嘘《うそ》のように、ランスが笑顔を見せる。こんな甘い笑顔で迫られたら、誰だって心を奪われるに違いない。こんな王子様を体現するような人に、自分は愛されているのだと思うと、急に気恥ずかしくなってくる。

「ほら、遠慮しないで」

黙ってしまった昴を、ランスが促す。なるべく意識しないようにして、昴はノートパソコンを貸して欲しいと頼みオークションサイトを検索した。

「この学術書なんですけど、高くて手が出ない……ってランスさんっ？」

最後まで言い終える前に、ランスが素早く決済の手続きをしてしまう。

「昴が強請《ねだ》ってくれて、私は嬉しいよ。他にはないのかな？　君が笑顔になるなら、なんでもするよ」

至近距離で見つめてくるランスに、鼓動が跳ねる。ランスに抱かれるようになって、恥ずかしい声も淫らな姿も全て見せたのに、顔が近づいただけで頬《ほお》が熱くなる。

——ランスさんが好きすぎて、どうにかなりそう。

できるなら隠しておこうと思った我《わ》が儘《まま》が、堪《こら》えきれなくなる。

「——えっと……それじゃ……」

少しだけ言い淀《よど》んでから、昴は一番欲しいものを強請る。

「二人の時は、イギリス英語で話してもらえませんか？　ランスさんの発音と声、僕とてもきつく。

『昴が求めてくれるなら、いくらでも』

そんなこと、と呆《あき》れもせず、むしろランスは心から嬉しそうに言ってベッドに座る昴に抱きつく。

「好きなんです」


そこまではよかったのだけれど、昴はすっかりランスの性格を甘く見ていた。甘く低い声で、ランスが卑猥な誘いと夜の痴態を囁いたのだ。

真っ赤になって離れようと藻《も》掻《が》く昴をあっさりと腕の中に封じ込め、ランスが頬や唇に口づけを落とす。

「僕がお願いしたのは、そういう事じゃなくて！」

『君が私の一部でも好きだと言ってくれて、とても嬉しいよ。今夜も、昴が満足するまで愛を囁きたい』

耳たぶを甘く噛みながら、ランスが誘いをかける。そして少し顔を離し、碧《あお》の瞳で昴を捉《とら》えた。

ただでさえ整いすぎた容姿に、昴は見《み》惚《と》れて視線を外せなくなる。

『答えを聞かせて、昴』

腕の中で、昴は耳まで真っ赤になった顔を隠すように頷《うなず》いた。

あとがき

はじめまして、こんにちは。高峰あいすです。ルチル文庫では三冊目の本になります。

最後まで読んで下さいました読者の皆様に、お礼申し上げます。少しでも楽しんでいただけたなら、とても幸せです。

挿絵を描いて下さいました桜庭ちどり先生。本当に、ありがとうございます。昴もランスもとても可愛くて綺麗で、ラフが届いた時には編集のF様と共に「素敵ですね！」と散々騒いでました。そして四人の集合シーン（後書きから読まれる方もいるそうなので、一応詳しくは伏せます）……個人的にすっごく嬉しかったです！　ただ同時に、あんな彼を描いて頂けるなんて思いもよらず心苦しくもあり（綺麗な絵で、妙なものを描いて頂いた罪悪感と言いますか）……すみませんでした。

そしてまた、編集のF様にはご迷惑をおかけしまして……すみません。

毎回の事ですが、謝ってばかりです。特に家族と友人には、色々と頼りっぱなしです。

さて主人公、昴君ですが『行動できる、ひきこもり』という妙な子です。全員、妙っていえばそれまでなんですけれど……。あのままランスに出会わなければ、本格的に家から出ない生活になっていたと思われるので、ランスに会えて良かったのかなと書きながら思ってみたり。

でもランスにあちこち連れ回されて、疲れてキレる昴とかも容易に想像ができます。痴話喧嘩とは分かっていても、本気で機嫌を損ねた昴への対応に内心泣いてるランス。横から口出ししてくる悪友もいるので、仲直りまでの道のりは大変でしょう。

では相変わらず纏まりのない後書きですが、この辺りで失礼致します。と、これまでならあっさり終わるのですが、いい加減に近況ぽいものを少し書いた方がいいかと思い、頑張ってみます。

ええと、最近よく聞く音楽はアニソンです。古いのから、新しいものまで色々——全く近況になってませんね。

この本を出すに当たって、携わって下さった全ての皆様。なにより読んで下さった読者の方に、改めてお礼を申し上げます。

それではまた、お目にかかれる日を楽しみにしています。

高峰あいす　公式サイト　http://www.aisutei.com/

✦初出　言葉だけでは伝わらない……………書き下ろし
言葉よりも伝えたい……………………書き下ろし

高峰あいす先生、桜庭ちどり先生へのお便り、本作品に関するご意見、ご感想などは
〒151-0051 東京都渋谷区千駄ヶ谷 4-9-7
幻冬舎コミックス　ルチル文庫「言葉だけでは伝わらない」係まで。

幻冬舎ルチル文庫
言葉だけでは伝わらない

2013年2月20日　　第1刷発行

✦著者	高峰あいす　たかみね あいす
✦発行人	伊藤嘉彦
✦発行元	株式会社 幻冬舎コミックス 〒151-0051 東京都渋谷区千駄ヶ谷 4-9-7 電話 03(5411)6432［編集］
✦発売元	株式会社 幻冬舎 〒151-0051 東京都渋谷区千駄ヶ谷 4-9-7 電話 03(5411)6222［営業］ 振替 00120-8-767643
✦印刷・製本所	中央精版印刷株式会社

✦検印廃止

ISBN978-4-344-82756-1　C0193　Printed in Japan